# 転生王子はダラけたい 15

TENSEIOJIHA DARAKETAI

朝比奈 和
Asahina Nagomu

CHARACTER
登場人物
ライラ
商家の娘で、レイの幼なじみ。商魂たくましい。
アリス
フィルの幼なじみ。賢くて機転が利く。
トーマ
フィルの同級生。マイペースで動物好き。
ホタル
フィルの召喚獣の毛玉猫。転がって移動するのが好き。
レイ
女性好きで少し残念な、フィルの同級生。
フィル・グレスハート
大学生・一ノ《いちの》瀬《せ》陽翔《はると》が転生した本編の主人公。目立たずにダラダラ過ごすのが夢。
カイル・グラバー
クールな美形少年。闇の妖精に好かれる蝙蝠の獣人。

クロスフォード侯爵
フィルの母方の祖父。
バイタリティとカリスマ性に
富んでいる。
ルーゼリア
明るく優しい、
コルトフィア王国の王女。
アルフォンスの婚約者。
アルフォンス・
グレスハート
グレスハート王国の皇太子。
弟フィルのことになると周りが
見えなくなる真性ブラコン。
フィルの仲間たち
コクヨウ
ヒスイ
コハク
テンガ
ザクロ
ルリ
ランドウ

# 1

ステア王立学校が長い冬休みに入った。

だが、グレスハート王国に帰郷《ききょう》した俺――フィル・グレスハートは、のんびりする暇《ひま》もなくバタバタと慌ただしく動いている。

もうすぐグレスハート皇太子であるアルフォンス兄さんと、コルトフィア王国のルーゼリア王女の婚姻式《こんいんしき》があるからだ。

婚姻式の準備や、担当している新規観光事業の確認など、毎日やることがいっぱい。

大変だけど、なかなか経験できることじゃないからとても楽しい。

ただ、公務の時は変装しなきゃいけないのが面倒なんだよなぁ。

まぁ、致し方ないといえば、致し方ないんだけどね。

だって、そのままの姿で公務をしていたら、グレスハートに来た学校の知り合いが俺を見つけて王子だと気づくかもしれないし、来賓《らいひん》の人たちも俺の人相《にんそう》を覚えちゃうかもしれない。

平民フィル・テイラとして学校に通い続けるためには、バレないようになるべく気をつけないといけないのだ。

眼鏡をかけて、ヘアセットして、王子様みたいなフリフリ洋服を着て……。

変装っていうか、もう仮装だよね。毎日これではさすがに疲れるし、ストレスもたまる。

そこで、父さんの許可を得て、変装を解いて森に遊びに行った。

観光客も来ない森なら人目を気にする必要がないし、森の動物や妖精に会って気分転換できる――そう思っていたのに、まさか友人のトーマとライラとレイ、後輩のミゼットに会うなんて。

皆、グレスハートに来る予定がないって言っていたから、すっかり油断していた。

しかも、ついに王子だって身バレしちゃうし!!

誤魔化《ごまか》しのきく状況でもなかったので、俺は覚悟を決めて友人たちだけには話すことにしたんだ。

鉱石屋の一角を借りて、自分がグレスハートの第三王子で日干《ひぼ》し王子《おうじ》という愛称で呼ばれていることを。

そんな俺に続き、友達であり臣下のカイルも自らが獣人であることを告白した。

俺の告白よりも、ずっと怖かったと思う。だって、ルワインド大陸古代戦争で敗北した獣人は、ルワインド大陸で忌《い》み嫌われる存在。

今は擁護《ようご》する人も増えてきたようだが、それでもルワインド出身のレイやライラに告白するのは、とても勇気がいることだ。

友だちに存在を否定されたら、カイルはどうなってしまうだろうかと、俺まで怖くなる。

……だけど、そんなカイルに、ライラやトーマはあたたかい言葉をかけてくれた。

レイはカイルに向かって「カイルはカイルだ」って、本気で怒ってくれた。

カイルには、ありのままを受け入れてくれる友だちが増えたんだ。


鉱石屋の一角にあるテーブルで、対面しているレイとライラとトーマに向かって、俺とカイルはペコリと頭を下げた。

「レイ、ライラ、トーマ。友だちのままでいてくれて、ありがとう」

「ありがとう、皆」

すると、レイは照れた顔をする。

「改めて礼なんかするなよ」

「だって正直、絶交される可能性もあるだろうって思っていたんだ。本当に怖かった」

俺がそう言うと、カイルも視線を落として頷《うなず》く。

「そうですよね。獣人であることもそうですが、隠していたこと自体を裏切りだと捉《とら》えられてしまうこともあるでしょうし……」

「それを言ったら、俺やライラだって身分を隠していたんだから立場は一緒だろ」

俺が身バレする直前、レイも身分を偽《いつわ》って学校に通っていたことがわかった。

本当の名前はレイ・ザイド。ルワインド大陸バルサ国、ザイド伯爵家当主の令息らしい。

レイ・クライスと名乗っているが、クライスは母方の家名だそうだ。

「だから、フィルたちのこと怒れねぇよ。なぁ？　ライラ」

レイはライラに向かって同意を求める。

「ええ。フィル君やカイル君が隠さなければならなかった理由は、とてもよくわかるもの。そのことを知って、話せなかったアリスの気持ちもね」

ライラは俺の幼馴染《おさななじみ》であるアリスに微笑《ほほえ》み、アリスも嬉しそうに微笑み返す。

「ありがとう、ライラ」

「今このメンバーで怒れる人間っていったら……トーマくらいか」

レイは、親指でトーマを指す。

「なるほど、そうだな」

「トーマ君にだけ隠し事がなかったわけだものね」

カイルやライラが納得するように言うと、のんびりとお茶を飲んでいたトーマは目を大きく見開く。

「え！　僕？　ビックリはしたけど、怒ったりはしないよ。皆のこと好きだもん。今も、学校にいる時みたいだなぁって、ホッとしていたくらいだよ」

困り顔のトーマに、皆は笑う。ひとしきり笑ったレイは、大きく息を吐いた。

「カイルたちほどではないけどさ。俺も怖かった。俺の身分を明かしたあと、フィルたちとの関係が変わったらどうしようって考えていたから」

「そっか、レイは僕に身分を明かすつもりだったんだよね」

レイの身分が俺たちにバレた時、そのようなことを言っていた。

レイは自分の着ている服に視線を落とす。

「婚姻式が終わるまでグレスハートに長期滞在するって聞いたから。こういう服を着て歩いている俺を、フィルたちが目撃するかもしれないだろ。それなら、先に話しておこうかなって」

レイが着ているのは、貴族の子息が着るような上質な服だ。

確かに、何も知らないままこの姿のレイを見かけたら、相当驚《おどろ》いただろうな。

というか、もし変装していた公務中の俺と、レイが会っていたらどうなっていたんだろ。

街に出るような公務は大方終わっているけれど、場合によってはキラキラ王子に扮《ふん》する俺と、伯爵令息として振る舞うレイが顔を合わせていた……なんて可能性があったかも。

想像するだけで、なんか怖い。

トーマはお茶のカップを置き、レイに向かっておずおずと尋《たず》ねる。

「レイの家はバルサ国の伯爵家なんだよね？　僕、ルワインドの貴族家のことあまり知らないんだけど……」

申し訳なさそうなトーマに、レイは「そういや、詳しく話してなかった」と苦笑する。

「他の大陸の貴族のことなんて、知らないよな。でも、ルワインド大陸内でザイド伯爵家は、わりと有名なほうだと思う。バルサ国建国当初からある古い家門だからな」

「家格で言ったら、ザイド家はバルサ国の伯爵家の中でも一番上なのよ」

ライラの補足説明に、レイはコクリと頷く。

「俺の父親であるアミル・ザイドは、そのザイド家の当主で、俺はそこの一人息子ってわけ。今は父親がバルサ国にいて、俺と母さんはカレニア国にいる。家名を名乗りたくないから、母方のクライスを名乗っているけど、俺の籍《せき》はザイド家にあるんだ」

「名乗りたくないって言うのは、詮索《せんさく》されたくないから？」

俺がレイの顔を窺《うかが》いつつ尋ねると、レイは眉《まゆ》を顰《ひそ》める。

「それもあるし、そもそもザイド家の人間が好きじゃないんだ。古い家だから、やたらとプライドが高かったり、陰険だったり、身分を笠に着る奴らが多くてさぁ。サヒルをパワーアップさせた感じ」

レイは心底嫌そうに、顔を歪《ゆが》ませる。

サヒルというのは、レイを目の敵《かたき》にし、つっかかってきていた少年だ。

平民を馬鹿にしたり、自分の立場が上であることを自慢したりしていた。

まぁ、サヒルはレイとよく比較されていたみたいだから、劣等感から虚勢を張っていただけな気がするけどね。

そんなサヒルをパワーアップさせた親戚たちかぁ。ちょっと嫌だな。

そういえばサヒルが、現当主は次代のザイド当主の座をサヒルの父親に継《つ》がせる予定だとか言っていた。

「サヒルは近い親戚なんだよね？」

「そう。父方の従兄弟《いとこ》。だから、あいつが暴力を振るおうとしたことを、フィルが大事《おおごと》にしないでいてくれたのは、ザイド家としては助かったんだ。国際問題になっていたら、サヒルと叔父《おじ》がどうなっていたか興味はあるけど」

レイはちょっと悪そうな顔で、片方の頬を上げて笑う。

「そうなったら、ご当主のレイのお父様にも影響あるのがわかってて言ってるでしょ」

眉を顰めるライラに、レイは肩をすくめる。

そうなんだよね。子供とはいえ、一族の人間が問題を起こせば、親だけじゃなく当主や一族に影響が及ぶこともある。

「サヒル、反省してくれるかな？」

トーマの言葉に、レイは腕組みして低く唸《うな》った。

「どうかなぁ。さっきも言ったけど、サヒルだけじゃなく、周りにいる親戚もあんな感じだから。俺の母さんが商家の出だってだけで、俺も母さんもルワインドにいた時はそりゃあ嫌味を言われてたよ」

ライラもレイの言葉に、深く頷く。

「ザイド家には、うちのアブド男爵家を貴族として認めないって人が多かったわねぇ。サヒルみたいに表立って嫌味を言うことはなかったけど、裏では結構いろいろあったみたい。周りの貴族もザイド家に睨《にら》まれたくないから、同じような感じだったし」

ライラは当時のことを思い出したのか、目が据《す》わっている。

「そうなのか？　アブド家はルワインドで手広く商売をやっていたんだから、世話になっている人が多かったはずじゃ？」

カイルの問いに、ライラはクワッと目を見開き、テーブルを叩いた。

「そう！　うちが商売をやめたら、自分たちが困るくせにね！　歴史が浅いことと、商売をやっていることを馬鹿にするのよ。おそらく商売をやめさせて、財力を削《そ》ぐつもりだったんだわ。そもそもうちが爵位をもらえたのは、ご先祖様が商売で国に貢献したからよ。やめるわけないでしょ！」

そう言って、再びテーブルを叩く。

結構大きい音を立てているけど、痛くないのかな。

怒り心頭のライラに、レイは落ち着けというジェスチャーをする。

「俺の両親が知り合ったきっかけが、ライラのお母上だったせいもあるんだろ？」

「え！　そうなの？」

興味津々《きょうみしんしん》で尋ねるアリスに、叩いた手をさすりながらライラは頷いた。

「私の母とレイのお母様が親友だって、前に話したことあるでしょ。レイのお母様はアブド家に嫁《とつ》いだ私の母を訪ねて、よくバルサ国へ遊びにいらしていたそうなの。その時に知り合いになったみたい」

「その頃、俺の父親は当主になったばかりだったんだけど、バルサ国公爵家の令嬢と婚約する話が出ていたらしい。だから、母さんとの婚姻は、親族連中から猛反対されたって聞いた。ザイド家のアブド家への当たりが強かったのは、それを根に持ってるからだぜ、絶対」

レイはそう言って、フンと鼻を鳴らす。

「だけど、反対されても婚姻なさったのね。ミゼットさんも、レイのお父様はレイと奥様のことを大事に思ってらっしゃるって言っていたわ」

微笑むアリスに、レイはふと真顔になって視線を下げる。

「……それは、ミゼットちゃんに聞いた。俺と母さんをザイド家の連中から逃がすために、カレニアにやったって。だけど、その時も説明なしだったんだぜ！　俺はともかく、少なくとも母さんはルワインドに残りたがっていた。辛かったとしても、父さんのそばにいて支えたいと思っていた。俺にバレないように、父さんを思って泣いていたんだ。せめて、ちゃんと話して、納得させるべきだろ」

苛《いら》立ちを抑えようとしているのか、レイは大きく息を吐く。

レイがお父さんに対して頑《かたく》ななのは、お母さんを悲しませたお父さんが許せないのかも。

今朝、城で会ったレイの両親たちを思い出す。

うーん。確かにレイのお父さんは、話すのが上手じゃなさそうだったっけ。

二人が互いに思ったことを話せれば、状況は変わりそうな気はするんだけど。

「ねぇ、レイ。一回ちゃんと、おじ様とお話ししてみたほうがいいんじゃないの？　跡取りのことにしろ、おじ様にも何かしらの事情やお考えがあると思うの」

ライラが真面目な顔でそう言うと、アリスはそれに頷く。

「そうね。ザイド家の人から守ろうとしたこともそうだし、ミゼットさんを引き取った経緯からみても、非情な方だとは思えないわ」

トーマもライラたちの意見に賛同する。

「うん。僕も話したほうがいいと思う。レイに心配かけたくなくて、話せないでいるのかもしれないよ」

レイは乗り気じゃないようで、難しい顔で皆を見回した。

ちょうど俺と目が合ったので、俺は言う。

「レイに複雑な気持ちがあるのはわかっているよ。でも、事情を知りたいと思っているなら、まず話をしてみないと」

俺の言葉に、レイは深いため息を吐《つ》いた。

「俺だって……そう思うけどさぁ。あの無表情を前にして、話ができる気がしないんだよ。何考えてんのか読めねぇんだもん」

そう言って、ガシガシと頭を掻《か》く。

レイは見た目に気を遣《つか》うタイプで、いつも綺麗《きれい》に髪をセットしている。

乱暴に頭を掻いたせいで髪形が崩《くず》れてしまったが、それを気にする余裕もないようだ。

「バルサ国の上流階級の方々は表情を隠すのが上手いけど、おじ様の仮面は特に完璧《かんぺき》だものね」

苦笑するライラに、俺とカイルは唸《うな》る。

「確かに、あれほど何を考えているのか読めない人は、僕も初めてだったよ」

「俺もあれほど表情が変わらない人は、ルワインドでも会ったことがありません」

「え、会ったのか⁉」

驚愕《きょうがく》するレイに、俺たちは頷く。

「実は今朝、僕とカイルとアリスでお城の廊下を歩いていた時、偶然レイのご両親に会ったんだ」

「すごい鉄面皮《てつめんぴ》だったろ。俺、母さん似だから、息子って言うと驚かれるんだ」

肩を竦《すく》めるレイに、アリスは微笑む。

「確かにレイの雰囲気や顔はお母様似ね。でも、髪や瞳の色はお父様譲りだと思うわ。色合いが同じ」

言われたレイは少し複雑な表情で、自分の髪を摘《つま》んで「そうかな？」と呟《つぶや》く。

そんなレイを見つめ、カイルが少し寂しそうな顔で言う。

「レイ、後悔しないようにしろよ。俺の両親は……ある日を境に家に帰ってこなくなった。生死もわからない。話したくても話せないんだ」

それを聞いて、レイたちの表情が硬くなる。

「今でもたまに、話したいなって思うことがある。フィル様のこととか。獣人でもいいっていう、友だちができたこととか……」

言葉が出ないレイに、カイルは小さく笑った。

「レイも、今のままじゃ中途半端な気持ちのままだろ。ちゃんと話し合って、それで本当に相容《あいい》れないというなら、それは仕方ないと思う。どんな結論をつけても、俺たちはレイの味方だから」

その言葉に、俺たちは強く頷いた。

「そうだね。僕たちも応援するから、頑張ってみよう。せっかくミゼットちゃんが機会を作ってくれたんだから、話し合ってみなよ。婚姻式までうちの国に滞在する予定なんでしょ？」

俺が微笑むと、レイはコクリと頷いた。

「うん……わかった。なんとか話せるよう努力するよ」

レイの大きな決断に、俺たちは安堵《あんど》の息を吐く。

すると、トーマが少ししょんぼりする。

「その努力、見届けられないのが残念」

「あ、そうか。レイとライラは婚姻式まで滞在する予定だけど、トーマはお父さんと一緒に帰っちゃうんだっけ？」

確認する俺に、トーマは悲しそうな顔で頷く。

「そう。明日お父さんと帰るんだ。レイのことは気になるけど……」

そう言って、チラッとレイを見る。その眼差しを受けて、レイは慌てた。

「そ、そんな目で見られても、今日話すのは無理だからな。しばらくは仕事で忙しいみたいだから、多分俺と落ち着いて話をする時間もないと思うし、俺だって心の準備が……」

わたわたとするレイに、トーマは肩を落とす。

「わかってるよ。はぁ～、僕も皆と一緒に婚姻式まで滞在したかった」

トーマはそう言って、深く長いため息を吐く。

「あぁ、そうだよな。せっかくこうして会えたわけだし……」

「皆で一緒に観光できたら、きっと楽しいわよね」

レイやアリスが気の毒そうに言う。

俺もそう思う。身分もバレてお互いの事情もわかったことだし、公務の合間を見て皆にグレスハートを案内してあげたいよなぁ。

俺は腕組みをして、考える。

「トーマのお父さんが許してくれるなら、滞在してもらいたいけど……。宿屋は埋まっているよね？」

確認すると、カイルは眉を寄せて頷く。

「そう聞いています」

新しい宿屋は五日後にオープンするけど、そこもすでに予約はいっぱいなんだよね。

オープンしたらそちらに宿を変える予定の人もいるそうだけど、空いた部屋もこれから来る予定のお客様で予約が埋まってしまっているしなぁ。

第一、部屋が空いていたとしても、トーマだけ残ることになったら、子供一人で宿屋に泊まらせることになる。それは、かなり不安だ。

「俺のとこは、ザイド家の連中も出入りするからなぁ。嫌な目にあわせたくないし……」

「私の住むメイドたちの宿舎は、パーティーのためにメイドを増やしたからいっぱいなのよね」

レイは渋《しぶ》い顔で唸り、アリスは頬に手を当てて息を吐いた。

「俺の部屋なら滞在できますよ。グレスハート城内ですから、陛下の許可が必要になりますが……」

カイルの申し出を受け、俺はトーマに視線を向けながら言う。

「父さまは許可してくれると思うよ」

だが、トーマはブルブルと顔を横に振っていた。

「お城に滞在なんて無理だよぉぉ」

レイはわかるぞといった顔で、震えるトーマの肩を叩く。

「フィル、俺でも長期でお城に泊まるのはさすがに無理だ」

「……そうか」

フレンドリーなグレスハート王家だけど、やはり宿泊するとなるとハードルが高いか。

そもそも、お城も準備でバタバタしているから、落ち着かないかな。

ん〜どうしたものかな。

俺が悩んでいると、ライラが笑顔で手を挙げた。

「泊まるところなら、なんとかなるかも。商人たちのために、トリスタン家で宿を一棟確保してるのよ。調整すれば、多分二人くらい泊められると思うわ」

「えぇ！　本当に⁉」

席を立ったトーマに、ライラはにこっと笑った。

「友人たちを招くこともよくあるから、お父様も許可してくださるわ。まぁ、その前にトーマのお父様が滞在を許可してくださったらの話だけどね」

「宿に帰ったら、お父さんにお願いしてみる！」

トーマは笑顔で言った。

すると、ちょうどその時、裏口のほうから足音とともに俺の護衛であるマイク・スケルスとカーク・キナス、通称スケさんとカクさんがやって来た。

サヒルやミゼットをそれぞれの宿に送って、戻ってきたらしい。

「フィル様、ただいま戻りました」

「途中で、トーマ君のお父さんのいる宿に寄ってきましたよ。再注文を受け、一旦帰国したあと、品物を持ってまたグレスハートに戻ってくるらしいです。なので、トーマ君が残りたいなら、その間もグレスハートに滞在してもいいそうです」

「「え！」」

タイムリーな報告に、俺たちは声を揃えて驚く。

「すごい。どうして？」

許可を取ってきてほしいなんてお願いしていなかったのに。

俺が聞くと、スケさんは得意げに胸を張る。

「俺がトーマ君なら、滞在したいだろうなぁと思いまして。なかなかお友だち全員が、こうして休み中に集まる時はないでしょうから」

「宿泊先は我々近衛兵《このえへい》の住む宿舎を予定していましたが、先ほど耳にしたお友だちと一緒の宿屋のほうがいいかもしれませんね」

カクさんはそう言って、ニコッと笑う。

近衛兵の宿舎は、城の敷地内にある建物だ。

その選択肢もあったな。まぁ、それも父さんの許可が必要だったわけだけど。

「ありがとう、スケさんカクさん」

俺がお礼を言うと、続いてトーマもペコリと頭を下げてお礼を言う。

「ありがとうございます！」

婚姻式まで数週間。グレスハートに滞在する皆とどうやって過ごそうか、考えるだけでわくわくする。

その気持ちは皆も一緒らしく、お互い顔を見合わせて笑顔になった。


レイとトーマとライラを宿近くの大通りまで送り届け、俺とカイルとアリスはスケさんたちとともに城へと帰った。

平民服を着ているのでこっそりと裏門から城に入り、自室前でカイルたちと別れる。

俺は部屋に入ると、脱いだマントを近くの椅子に掛け、新しい服に着替えた。

父さんに今日起こったことを報告するため、着替えが終わったらもう一度アリスたちと集まることになっている。

すぐに、父さんたちのいる部屋に行かなきゃ……とは思うが、ちょっと休憩。

ふかふかのベッドに、うつ伏せで倒れ込む。

「はぁぁ、なんかいろいろなことがあって疲れた……」

一度気を抜くと動けなくなりそうだったので我慢していたが、さすがに限界だった。

脱力した体が、ふわふわのベッドに沈み込んでいくような感覚がする。

「もう動きたくない」

【軟弱《なんじゃく》だな。大して動いてはいないだろう】

コクヨウは呆れ口調で言う。

今日は一日コクヨウを召喚していたので、一部始終を知っているのだ。

身バレした時の俺の慌てふためきを見てたはずなのに……ひどい。

「精神的な疲労は、肉体的な疲労を上回ることがあるんだよぉ」

自分の素性《すじょう》を告白する時、めちゃくちゃ緊張したもん。

カイルやレイも、今頃どっと疲れが出ているに違いない。

だけど、俺やカイルを見る目と、対応が変わってしまわないかという不安が杞憂に終わって良かった。それに皆との絆《きずな》がよりいっそう強くなったように感じるし、バレたことは結果的にプラスに転んだと思う。

とはいえ、胃が痛くなるような緊張は、もうしばらくは味わいたくない。

俺は枕を抱え込み、重くなってきた瞼《まぶた》をゆっくりと閉じる。

そのまま寝かけて、俺は慌てて飛び起きた。

ハッ！　ダメだ。危ない。寝ちゃう。父さんのところに行かないと。

俺は頭を振り、ピョンッと勢いをつけてベッドから下りた。

父さんは未だ第一応接室で仕事中とのこと。

部屋へと続く通路でアリスたちと落ち合い、兵士から入出許可を得る。

俺とカイルとアリスが中に入ると、朝と同じように部屋には父さんと母さん、ダグラス宰相がいた。

父さんがチラッとダグラス宰相に目配せすると彼は頷いて、俺に会釈《えしゃく》してから部屋を出ていく。

「おかえりなさい、フィル、カイル、アリス」

母さんが俺たちに向かって微笑み、父さんが対面するソファを示す。

「おかえり。三人ともそこに座りなさい」

「ただいま帰りました」

俺が挨拶をしてから、揃ってお辞儀《じぎ》をする。そして俺が真ん中になるように並んで席に着く。

父さんは俺たちの顔を窺いながら、口を開いた。

「森で学校の友だちに会ったらしいな。友だちを宿に送り届けただけにしては帰りが遅かったが、大丈夫だったか？」

「会ったのは、特に仲がいいトーマ君というお友だちなのでしょう？」

心配そうな両親の言葉に、俺は驚く。

「なんでそのことを……」

友人の中で、一番初めに遭遇《そうぐう》したのはトーマ。

森に行ったら、葉っぱを体中に巻いた格好《かっこう》のトーマが、巡回していたヒューバート兄さんに『なんでそんな格好をしているのか』と質問されていた。

理由を聞いたら、グイルス狼除《おおかみよ》けの葉をつけて、グレスハートの森動物探索ツアーを決行していたらしい。一人で。

それで、俺たちが宿まで送り届けることになったんだよね。

これから報告しようと思っていたのに。

「ヒューバートから聞いた」

あ、そうか。お仕事の一環として、当然父さんには報告するか。

「実は、トーマを宿まで送り届けている最中に、他の友人たちにも会ってしまいまして……。それで、遅くなってしまいました」

俺の説明に、父さんの目が大きく開く。

「何!?　一人だけでなく、他の友人たちにもか!?」

「お友だちは来る予定ではないと言っていたわよね？　予定が変わったのかしら？」

不安げな母さんの言葉に、俺たちは頷く。

「おうちの事情で、来られることになったみたいです」

父さんは「そうか」と呟き、俺の目を真っすぐ見据えながら尋ねる。

「それで、お前の素性については？」

核心をつく質問に、俺は息を吐いて言う。

「……バレました」

「その言い方だと、フィルが話したわけではないのか？」

俺の答えに、父さんや母さんは表情を曇《くも》らせる。

身分を明かさずに学生生活を送りたいという俺の気持ちを知っているので、自ら明かすのではなくバレてしまったと聞いて心を痛めたのだろう。

「その時、皆はどんな反応だったの？」

心配そうに母さんが言うので、俺は少し言葉を詰まらせる。

「なんか……盛り上がってました」

「……盛り上がって？」

「盛り上がったの？」

父さんが訝《いぶか》しげに、母さんが不思議そうに聞き返してきたので、俺は再度言う。

「はい。なんか……すごいって感じで」

「確かにそんな感じでしたね」

「怒ってはいなくて、驚きのほうが勝ったみたいです」

カイルとアリスがおずおずと、その時の皆の様子を補足する。

「そ、それなら良かったが。……そうか、盛り上がったか」

なんとも言えない表情で、父さんがポツリと呟く。

「……はい」

俺はコクリと頷く。

すると、母さんがくすくすと微笑む。

「皆が仲良しなら良かったわ。心配していたのよ。そういえば、どうしてバレてしまったの？」

「あ、えっと、順番に起こったことを話しますと……」

まず、トーマを宿へ送る途中、ライラと後輩のミゼットに遭遇したこと。そこでレイが行方不明と知り、一緒に捜索していたら鉱石屋の裏でレイとサヒルがケンカしていたこと。そのケンカを止めている時に、マントのフードが取れてしまったということなどを順に説明した。

「平民服でしたし、大丈夫かと思ったんですが……。レイの従兄弟と一緒にいた友人が、過去に僕が王子として話したことのある子で、王子だとバレちゃいました」

事件の詳細を話しすぎると国際問題になりかねないので、大まかに過程を話した。

「まぁ、そんな偶然もあるのね」

母さんは素直に驚いていたが、父さんは頭を抱えていた。

「そんな偶然あるのか……。立て続けに友人に会って、その従兄弟の友人が知り合いだとか、その人物に名指しされるとか……」

そうはいっても、本当なのだ。

俺だって予想外の出来事ばかりで、驚きの連続だったよ。

「今日は規格外なことしませんでしたよ？」

ハプニング体質は発動したかもしれないけど。

父さんは深く長いため息を吐いた。

「まぁ、いい。それで、話したことがあるというのは、うちの国の者か？」

「いえ、ドラーギ国の貿易商子息、シュバルツ・ダスタールという子です」

「ドラーギ国の？　いつ知り合った」

聞いてないぞという顔に、俺は慌てる。

「初めて城下町に出た時です。少し話をしただけだったので、父さまにはお話ししていないかも。ちょっとだけだから、僕も忘れていたくらいで……」

そう言って、俺は「あはは」と笑う。

「ええ。私もその当時、その方に会いましたが、すっかり忘れていました」

俺に加勢するアリスに、父さんは再びため息を吐いた。

「とにかく、それでバレてしまったわけか」

「はい。レイの従兄弟は転んで気絶していたので、その子にはバレていません」

サヒルに俺の身分は明かさないことを、シュバルツと約束したことも話す。

「ダスタール子息の約束、どこまで有効だろうな」

眉を寄せる父さんに、カイルが発言する。

「恐れながら、彼が話すことはないと思います。フィル様に恩義を感じていると思うので」

恩義かぁ。僕と親しいと騙《かた》り、脅してきたことを表に出すつもりはないが、いつでも出せる切り札でもあるのか。

シュバルツとしても蒸し返されたくないから、意地でも口を噤《つぐ》むだろう。

「ダスタールの子息は、お前が日干し王子印の商品を作っていることを知らないのか？」

確か、日干し王子と明かしたのは鉱石屋に入ってからだったから……。

俺たちはコクリと頷く。

「はい、友だちだけにしかバレていません」

「なら、何かあったとしても対処はできるか……」

父さんは顎《あご》に手を当てて、眉を顰めた。

「それにしても、フィルの友人にトリスタン家の令嬢《れいじょう》がいると知った時も驚いたが、ザイド伯爵家当主の令息までいるとはな。イルフォード・メイソンにしろ、フィルの交友関係には本当に驚かされる」

父さんは感心しているのか、呆れているのかわからない口調でそう言った。

「僕も今回は、さすがに驚きましたよ」

俺にとっても皆がグレスハートに集まったのは予想外だし、レイの身の上にも驚かされたのだ。

父さんは少し言葉を選びながら、俺に尋ねる。

「友だちのレイ君からは、ザイド伯爵家のことについて何か聞いているか？」

父さんは招待客の情報を細かく調べているはずだから、ザイド家についても何か知っていることがあるのかもしれない。

「何か事情があるようでしたが、そこまで詳しくは聞いていません。レイ自身もここ数年はバルサ国を離れていて、内情までわからないみたいなので」

「ザイド家も複雑だが、バルサ国も少し閉鎖的らしいからな」

父さんはそう言って、口を噤んだ。

それ以上は、自分が語るべきではないと思ったのだろう。

知りたいならば、事情を知る人物に尋ねなさいってことか。

やはり、もし聞くとなるとレイのご両親に聞くしかないのかな。

レイのお父さんの周りにいるのは味方ばかりではないって、ミゼットが言ってたし。

レイのお父さんか……。

俺は少し考え、居住まいを正して言う。

「あの……実は僕たち、レイのご両親には、すでにお城でお会いしているんです」

「そういえば、フィルたちが部屋に来る少し前にお帰りになったのよね。その時？」

母さんの言葉に、俺たちは頷く。

「はい。その時はまさか、レイのご両親だとは夢にも思いませんでしたけど……」

そう前置きして、俺はさらに言葉を続ける。

「それで、一度レイのお父さんたちに、正式に挨拶《あいさつ》をしようと思うんです」

真剣に言う俺を、父さんは真っすぐ見返す。

「正式に……つまり、王子だと名乗るということか」

「はい。レイのご両親とは、婚姻式のパーティーで顔を合わせることになると思うので、できたらその前にお話しできればと……。ただ、王子だと知られれば、おそらくライラのお父さんは僕が日干し王子だと気づくと思います。家で僕のことを話しているそうですから」

俺の言葉に、父さんは微《かす》かに眉を寄せて唸る。

「あの家の者は、間違いなく気づくだろうな」

仕入れている材料から、変わった宿泊施設を作っているのを悟《さと》られたって、アルフォンス兄さんも言っていたもんね。

ライラが気づいたくらいだ。俺と日干し王子を関連させることくらい簡単だろう。

父さんは顎に手を当てて少し考え、それから俺を見据えて言う。

「わかった。話してもいいだろう。どちらの当主も、口が堅く信用に足る者だしな」

許可を得て俺がホッとしていると、父さんは低い声で言う。

「ただ、挨拶の際にトリスタン家から商品の取引を持ちかけられたり、商品に関する協力を求められたりしても、返事しないように。商品や商品研究のアイデアに関する事柄は、私かアルフォンスが対応する。よいな？」

おお、父さんとアルフォンス兄さんが窓口に。

丸投げしてしまうのは申し訳ないが、交渉は面倒だからありがたい。

「わかりました！」

ニッコリ笑って元気に返事をしたのに、父さんはそれを見て不安そうな顔になる。

「……本当に、大丈夫か？」

なんでそんなに心配してるの？

「大丈夫ですよ？　ちゃんと断ります」

そう言った俺に続き、カイルとアリスが言う。

「俺が隣で返事をしないよう見ていますので」

「私もライラにお願いしておきます」

皆してそんなに心配なのか。

悲しげな俺に気がついたのか、二人は困り顔で笑う。

「フィル様は人が良すぎる時がありますから」

「困っている人がいたら、手を差し伸べてしまうでしょう？」

許容範囲は超えていないつもりなんだけどな。

ムムッと眉を寄せる俺に、父さんは話に戻るぞと言うように手招きをする。

「とにかく、気をつけるに越したことはない。フィルの場合、気に入られてしまいそうだからな」

商人の諦めの悪さは身に染みてよく知っている俺だ。確かに、それは怖い。

「よくわかりました」

今度はしっかりと頷く。

「日干し王子であること以外に、他に明かしたことはないか？　まさか、伝承の獣を召喚獣《しょうかんじゅう》にしている話はしていないだろうな？」

俺の顔を窺う父さんに、ブルブルと首を振った。

「それは、さすがに話していません」

精霊のヒスイを召喚獣にしていることは、レイたちを含め一部の生徒にはバレている。

精霊と契約した人間は稀《まれ》なので、周りに広めないでほしいと秘密にしてもらっているんだよね。

だけど、伝承の獣ディアロスを召喚獣にしていることは、秘密の度合いが違う。

主《あるじ》である俺が命令すれば、コクヨウの強大な力を使うことができるもんなぁ。

俺はそんなこと望まないけど、契約していること自体が、他国の人間にとって大きな脅威《きょうい》となるのだ。場合によっては、争いの火種となってしまうかもしれない。

そんな危険を孕《はら》んだ秘密を話してしまえば、レイたちにとって大きな負担になるだろう。争い事に巻き込まれる可能性だってある。

それは、絶対に嫌だった。

同じ伝承の生き物でも、ステア王国のアルメテロスみたいに慈愛《じあい》に満ちた内容の伝承が残っている生き物なら、まだ良かったかもしれないけどね。

ディアロスの場合は、世界中の黒い毛を持つ獣を根絶やしにしたとか、国を丸まる一つつぶしたとか、物騒なものばかりなんだよなぁ。

まぁ、伝承内容と事実で多少異なる部分もあるそうだから、誇張《こちょう》されていたり、間違って伝わったりしている部分もあるとは思うんだけど。

そんなわけで、デュアラント大陸の国では、ディアロスは未だに恐れられている存在なのだ。

最近おやつを食べてお腹ポンポンにしている姿しか見てないけど、強大な力を持っているのは事実だしね。

ディアロスに憧れているトーマに、本当に存在していることを話せないのは可哀想だけど……。

こればかりは仕方ない。

「それなら良かった。これ以上、頭の痛くなる事態は勘弁してもらいたいからな」

げんなりとした様子で、父さんが嘆息《たんそく》する。

美丈夫《びじょうふ》な父さんが、やつれて見えた。

婚姻式の準備の疲れもあるだろうけど、今日一日でげっそり感が増している。

もちろん、やつれていても渋くてカッコイイが、それを言ったら神経を逆撫《さかな》でするだけだから言わない。

「いつもご心配をおかけしてすみません」

ここは殊勝《しゅしょう》な態度で謝っておく。

そんな俺を、父さんは疑わしげに見つめた。

「それがわかっているのなら、少しは手加減して大人しくしてくれ」

手加減次第でトラブルに巻き込まれないなら、俺だってどうにかしたいよ。

というか、まだ話していないあれこれを正直に話したら、父さん卒倒しそうだな。

「では、それ以外にバレたことはないのだな？」

父さんが念を押して尋ねると、隣にいたカイルが少し言いづらそうに口を開いた。

「あの……フィル様の件ではないのですが、レイたちに俺が獣人であることを話しました。いずれはわかってしまうと思って……」

その告白に、父さんたちは途端に表情を曇らせる。

「……そうか。勇気のいることだったろうな」

「お友だちに話すのは、とても怖かったでしょう」

母さんは優しくカイルに声をかける。

カイルは頷いたあと、穏やかな顔で微笑む。

「怖かったですけど、スッキリもしました。友だちにはいつか話そうとは思っていたので。それに、フィル様の時と同じように、俺のことも偏見なく受け入れてくれましたし」

その言葉に、父さんと母さんは安堵の表情を浮かべた。

「皆、友だち思いの優しい子たちなんだな」

「本当ね。私も会ってみたいわ。フィルが学園から送ってくれたお手紙からも、とても楽しそうな子たちだって伝わってきたし」

口元に手を当てて、くすくすと笑う。

すると、父さんが何か思いついた顔で「ふむ」と唸った。

「そうだな。私たちもフィルの友人たちに会って挨拶するか」

「え!?」

突然の発言に、俺は目を見開く。

父さんたちにレイたちを紹介する？

挨拶はいいけど、報告してない話を出されたらまずくないか？

辻褄《つじつま》を合わせるにしても、いろいろありすぎて……。

内心焦る俺をよそに、父さんと母さんは盛り上がる。

「いいわねぇ。私も会ってみたいわ」

「フィルの学校での様子がもっと詳しく聞けるだろうな」

それを聞いて、俺は大いに慌てる。

「学校での様子は、お手紙で書いているじゃないですか。アリスやカイルからも聞いているでしょう？　それに、トーマが緊張してしまうから、お城に招くのは無理だと思います」

俺がわたわたと理由を述べると、母さんと父さんは悲しそうに言う。

「少しでもダメかしら？　うちは他の王家ほど堅苦しくもないし……」

「親として子の友人たちに挨拶をするだけだぞ？　フィルはレイ君たちの親に挨拶をするのだろう？　私も挨拶をせねば、礼儀としておかしいではないか」

「それはそうですけどぉ……。お二人とも、お忙しいでしょう？　レイたちが帰る前に、時間取れます？」

俺がそう切り返すと、父さんたちは言葉に詰まる。

婚姻式の前は当然のことながら、婚姻式のあとも雑務の処理がたくさん残っている。

父さんたちのスケジュールがパンパンであることを知っているのだ。

「……時間は作る」

「無理はしないでください。倒れちゃいますよ」

今だって、目が充血しているというのに。

俺が言うと、父さんは決意をもって拳《こぶし》を握る。

「ダグラス宰相《さいしょう》と調整する！」

普段はものわかり良いのに、こういう時、片意地を張るんだよなぁ。

## 2

友人たちと思わぬ再会をし、身バレしてしまった次の日。

俺は再び、カイルとアリス、スケさんカクさんを連れて城の外に出かけていた。

普段外出用に着る平民服の上にマントを羽織り、山道の入り口を目指す。

今日は、トーマのお父さんであるロブさんがクーベル国に一時帰国するので、皆で見送りに来たのだ。昨日少し話したけど、トーマを預からせてもらうわけだから、その前にちゃんと挨拶しないとね。

父さんから許可をもらったので、挨拶の時に正体を話すつもりである。

レイやライラのお父さんたちはちょっとお仕事で忙しそうなので、落ち着いたらお話ししようと思う。ともあれ、まずはトーマのお父さんからだ。

ドキドキしつつ、山道入り口の看板前で待つ。

少しして、ロブさんが、召喚獣に荷台を引かせて歩いてくるのが見えた。

レイとライラとトーマはその荷台の後ろについて歩いていたが、俺たちの姿を見つけて走ってくる。

「フィル、カイル、アリスちゃん、おっはよー！」

レイの元気な挨拶に、カイルが呆気《あっけ》にとられる。

「朝から元気だな……」

「ふふふ。いつものレイね」

クスクスと笑うアリスに、俺は笑って頷く。

まだお父さんとのことは解決していないのだろうけど、レイは俺たちに話をしたからか少しスッキリした顔をしていた。

「おはよう。フィル君、カイル君、アリス」

ライラはそう言いながら手をひらひらと振り、トーマはにっこりと笑う。

「おはよう。お父さんの見送りに来てくれてありがとうねぇ」

「おはよう。レイ、ライラ、トーマ」

そんな風に挨拶を返していると、少し遅れてロブさんが到着した。

ロブさんは連れていた召喚獣のブルグに合図を出して、俺たちの前に荷台を停める。

ブルグはガッシリ体型の小型の馬だ。ポニーくらいの大きさながら、重種馬《じゅうしゅば》並みの力を持っている。

見た目は馬だけど、蹄《ひづめ》はヤギのように偶蹄《ぐうてい》なのが特徴で、歩く速度は遅いがいざとなれば重い荷物を背負って崖《がけ》なども登れるため、山越えのお供として重宝《ちょうほう》されている。

「おはよう。ごめんね。待たせちゃったかな」

「おはようございます。いえ、僕たちもさっき到着したばかりです」

首を横に振りながら俺がそう返事すると、ロブさんは安堵した様子で微笑む。

トーマはお父さん似だな。ロブさんは眼鏡をかけていないのだが、髪色と顔の造り、雰囲気がそっくりだ。将来トーマはこんな感じになるのかなぁ。

そんな風に考えていると、ロブさんが俺たちに手を差し伸べてきたので、握手をする。

「わざわざ見送りに来てくれてありがとう」

包み込む手は優しいけれど、力強かった。手の皮膚が分厚くて、少しゴツゴツしている。

トーマのお父さんは金物職人だもんね。

職人さん特有のカッコイイ手の感触に、俺は感嘆する。

物腰は柔らかいけど、トーマを連れて険《けわ》しい山を越えてきたのだし、見た目以上にパワーを秘めていそうだ。

「トーマ君のグレスハート滞在を許可していただけたので、ちゃんとご挨拶をしようと思いまして」

「礼儀正しい子なんだね。こちらもトーマがお世話になるから、挨拶ができたらと思っていたんだ。迎えに来るまで、うちのトーマをどうぞよろしくね」

そう言って、ロブさんはにこにこと俺たちを見回す。

ロブさんは今回再受注された物を、何日か後にまた納品しに来るそうだ。

「宿泊場所に関しては、ご安心ください」

ライラがポンと胸を叩き、続いて俺が真面目な顔で言う。

「トーマ君のことは責任をもって、うちの国で預かります」

「うちの国かぁ。頼もしいなぁ」

子供にしては言い方が大げさだと感じたのか、ロブさんは可笑《おか》しそうに笑う。

こんな朗《ほが》らかな顔のロブさんに告白するのは、勇気がいるけど……。

俺は小さく息を吸い、意を決して話し始める。

「実は……ロブさんが出立《しゅったつ》する前に、話さなきゃいけないことがあるんです」

「ん？　話さなきゃいけないこと？」

ロブさんはきょとんとした顔で首を傾げ、俺の深刻そうな顔にハッと息を呑《の》む。

「もしかして、うちのトーマが何かやらかした？　うちの子、動物に夢中になると周りが見えないって言うか。昨日も兵士に捕まったって宿屋で聞いて、心臓が止まりそうになったんだよ」

まぁ、現場を発見した俺たちも、あの葉っぱ人間には度肝《どぎも》を抜かれたからね。

息子がそんなことをしていたと知ったら、心臓が止まりかけても無理はない。

「グレスハートに来る道中、何か草で編《あ》んでるなぁとは思ったんだけど、まさかグイルス狼除けの蓑《みの》だと思わなくて。もしかして、改めて捕まるなんてことは……」

喋《しゃべ》りながらみるみる青くなっていくロブさんに、俺は首を横に振る。

「違います。違います。捕まりません」

「そうだよ、お父さん。シーアの草を分けたら兵士の人も喜んでくれて、仲良くなったんだから」

トーマは言うが、その言葉はロブさんを安心させるものではなかった。

のほほんとした息子の肩を掴み、真剣な顔で言う。

「いいか、トーマ。草をあげて許してくれるくらいなら、牢屋なんか必要ないんだぞ！　今回は運が良かっただけだ！」

まぁ、そりゃ、そうだよね。

草で免除されていたら、法などあってないようなもの。悪人が野に放たれ放題である。

「トーマのお父さんも、心配が尽きないだろうな……」

カイルの同情めいた呟きに、レイが反応する。

「〝も〟って、誰と比べてんだ？　もしかして、フィルか？　カイルもフィルのこと、心配してばかりだもんな」

チラッと俺を見るレイに、カイルはため息を吐いた。

「俺もそうだが、それ以上にフィル様のお父上のほうが、いろいろと気苦労が絶えないと思う」

カイルの言葉にスケさんやカクさんが、しみじみと呟く。

「昨日お見かけしたら、お疲れなご様子でいらっしゃったな」

「フィル様に驚かされることが多いですからね」

その言葉を聞いて、レイとライラが「あぁ」と声を漏《も》らした。

「俺も毎回驚いているもんなぁ」

「お会いしていないけれど、心中お察しするわ」

……そんなに共感する人がいたら、反論できないじゃん。

まぁ、自覚はあるから、それがなくても反論しにくいんだけどさ。

「本当に捕まらないってば。反省を示したら許してくれたんだから」

困り顔のトーマに、ロブさんは未だ不安そうだ。

「だけどなぁ。怪しまれていたらどうする。なんだか残していくのが心配になってきたなぁ」

俺はそんなロブさんに、そっと声をかける。

「あの、本当に違うんです。ロブさんに話したいことは、トーマ君のことではなく、僕の身分に関する話でして……」

「え？　フィル君の身分？」

トーマの肩を掴《つか》んでいたロブさんは振り返り、目を瞬《またた》かせて俺を見る。

「実は僕、学校に平民として通《かよ》っているのですが……。本当は、平民ではないんです」

「ち、違う？　まさかフィル君……様も、貴族のご子息とか？」

ロブさんは、チラッとレイに視線を向ける。

どうやらレイも、ロブさんに自分の家のことを話したらしい。

俺は意を決して口を開く。

「本当の名前は、フィル・グレスハートです」

「……へ？」

聞き返すロブさんに、スケさんとカクさんがペコリとお辞儀する。

「グレスハート王国第三王子、フィル・グレスハート殿下です」

「そして我々は、フィル殿下の傍付《そばつ》きの護衛です」

「昨日、偶然トーマ君にバレてしまいまして……。ならば、保護者であるロブさんにも、お話しすべきかと思いました」

俺がそう言いながら顔を窺うと、ロブさんはポカンと口を開けたまま固まっていた。

しばらくすると、油の切れたブリキ人形のようにゆっくりと動き出し、トーマに視線を向ける。

「フィル殿下……？」

その質問に、トーマはあっさりと頷いた。

「うん、そう。フィルって、グレスハートの王子様なんだって。すごいよねぇ」

明るい返答に、ロブさんは、戸惑いながら言う。

「お、王子様なんだってって……。すごい。すごいけども。トーマ、そんなのほほんと……。じゃあ、本当に王子殿下で……？」

困惑しつつそう言ったロブさんは、突然雷に打たれたように体を震わせた。

「そうだ！　トーマ！　呼び捨て！　不敬罪！」

トーマが俺を呼び捨てにしているのが、不敬罪に当たると考えたらしい。

青い顔で慌てるロブさんに、俺は言う。

「いえ、いつも通りに接してほしいとお願いしているんです。ロブさんもどうぞ今まで通りに接していただけると嬉しいです」

微笑む俺に、ロブさんはブルブルと首を横に振る。

「そ、そういうわけにはいきません！　あぁ、息子の友人に伯爵家のご子息がいらっしゃると聞いて驚いていたのに。グレスハートの王子殿下まで……」

ロブさんはブツブツと呟いて、頭を抱える。

どうやら、受け止めきれる容量を超えてしまったようだ。

「俺の家のこと教えた時も思ったけど、トーマのお父さんにしては常識人だよな」

レイがボソッと言うと、トーマは眉を寄せる。

「僕が非常識ってこと？」

「というか、トーマは『まぁいいか』ってなんでも受け入れすぎるからさぁ」

「トーマ君は懐《ふところ》が大きいのよ」

アリスは微笑み、俺やカイルは頷く。

「そういう性格に救われているよね」

「そうですね。空気が和《なご》みます」

「えぇ～、そう思ってくれていたの？　嬉しい。ありがとう～」

のほほんと言うトーマに、俺たちは「これこれ」と笑い合う。

そんな俺たちを、ロブさんは呆気にとられた顔で見回す。

「……トーマ、本当に皆さんと仲が良いんだなぁ」

「うん！」

満面の笑みで返すトーマに、ロブさんは息を吐き、俺に向かって深々とお辞儀をする。

「どうぞこれからも息子と仲良くしてください」

「こちらこそ！　どうぞよろしくお願いします。それから、驚かせてしまってすみません」

俺がお辞儀を返すと、ロブさんは慌てる。

「頭をお上げください。確かにとても驚きましたが、身分を超えてトーマに素晴らしい友人ができたことを心より嬉しく思います」

そう話すロブさんに向かって、スケさんとカクさんが言う。

「まことに勝手ながら、このことはご家族以外には話さないでいただけますか？」

「フィル様は注目を浴びることを好みません。お父上であらせられる陛下も、その気持ちを尊重したいと考えておりまして」

スケさんとカクさんの言葉に、ロブさんは深く頷く。

「そうですよね。もちろん話しません。グレスハートには御恩《ごおん》がありますから！　それを仇《あだ》で返すことはしません」

「御恩？」

俺が聞き返すと、ロブさんはコクコクと頷いた。

「はい。日干し王子様効果と申しますか、グレスハートの商店が活性化したおかげで、うちの金物商品の売れ行きも良くて。お兄様には本当にお世話に……」

「あ、違います。日干し王子は……僕です」

俺はそろりと、小さく手を挙げる。

アルフォンス兄さんはなんでもできるから、日干し王子もそうだろうって思う人が多いみたいなんだよね。訂正するのは恥ずかしいが、もともと言おうと思っていたし……。

ロブさんの顔を窺うと、鳩《はと》が豆鉄砲《まめでっぽう》を食ったような目で俺を見ていた。

「ボク……？　あの日干し王子印の？」

「はい。僕です」

頷く俺の横腹を、レイがつつく。

「言っちゃっていいのか？」

「うん。父さまに許可もらったから。レイたちのご両親にも、挨拶の時に話すつもりだよ」

「それならいいんだが……。しかし、トーマのお父さん大丈夫かな」

そう呟いて、レイはロブさんを見上げる。

「え？」

振り返ると、ロブさんは「ぼく……僕？　……ボク」と呟きながら首を捻っていた。

「理解が追いついていないみたいですね」

カイルの言葉に、トーマが「あ……」と声を漏らす。

「そう言えば、お父さん。いろんな商品を考案する日干し王子を尊敬しているっていうか、憧れているみたいなんだよね」

「え⁉」

聞いてないんですけど！

「商人や職人はそういう人多いわよ？」

「憧れの人物が息子と同い年じゃ、理解が追いつかないのも仕方ないよな」

ライラやレイが言い、アリスは心配そうに未だ首を傾げるロブさんを見つめる。

「帰り道、平気かしら」

確かに、この状態で帰すのは不安かも。

「……クーベルに着くまで、ヒスイに姿を消してついていってもらうよ」

◇　◇　◇

「お父さん、またねぇ！」

クーベル国へ帰るロブさんの背に向かって、トーマは大きく手を振る。

ロブさんは心配そうな顔で、こちらを振り返った。

「トーマ、くれぐれも皆さんにご迷惑をおかけするんじゃないぞぉ～！」

その言葉、何回聞いただろう。

「フィルの正体を知って、トーマを置いていくのが一層心配になったんだろうなぁ」

「何度も後ろ振り返って、ああ言っているものねぇ」

レイとライラが気の毒そうに、ロブさんを見つめる。

「もう、心配性なんだから。大丈夫だよぉ！　お父さんも気をつけてねぇ！」

トーマがそう言ったタイミングで、ロブさんが何かにつまずいてよろめく。

慌てて体勢を立て直したロブさんは、照れた様子で頭を掻いた。

……トーマのお父さん、山越え大丈夫かな。

一応、ヒスイにお願いして、国に帰るまで見守ってもらうことにしたけど、心配だ。

そうしてロブさんの姿が見えなくなった頃、俺はレイたちに向かって言った。

「じゃあ、そろそろ移動しようか」

歩き出した俺に、レイはウキウキしながらついてくる。

「いよいよ、グレスハート観光だな！　これから、どこを案内してくれるんだ？」

ライラもあとに続きながら、俺に尋ねる。

「学校の子に会うかもしれないから、街中は避けたほうがいいのよね？」

「あ、うん。なるべく目立たないところに行こうかなって。まずは、タルソ村に行こうと思ってるよ」

「もうすぐ山神《やまがみ》様のお祭りがあるのよね」

アリスの言葉に、俺は頷く。

タルソ村は、グレスハートの北東にある小さな村だ。

山神信仰のある村で、一年に一度のこの時期、山神様へ供物《くもつ》を捧《ささ》げるお祭りが数日にわたり行われる。お祭り初日は明後日だ。

「今年はいろんなことをやるから、お祭り前に見てもらいたいんだって」

祭りの準備期間中は観光客が入れないようになっているから、人目を気にしないで村を見て回れる。

レイはぶんぶんと大きく腕を振る。

「うぉー、楽しみ！　祭り前に見学できるって、なんか特別感あるよな」

「僕、タルソ村に行きたいと思っていたんだ。フィルが案内してくれるなんて嬉しい」

「私も行きたかったから、ありがたいわ」

嬉しそうなトーマとライラを見て、浮かれていたレイが振っていた腕を止める。

「なんだ？　そんなに有名な村なのか？」

「うん！　村の洞窟《どうくつ》に、大きなノビトカゲが棲《す》んでいるんだよ。山神様の御使《みつか》い様って呼ばれている、こーんなに大きなノビトカゲが！」

大きく手を広げるトーマに、レイは顔を顰《しか》めた。

「お、大きなノビトカゲ？　嘘だろ？　ノビトカゲって普通、手のひらサイズじゃないか」

ライラは口元に手を当てて、「うふふ」と笑う。

「それが、嘘じゃないのよ。ノビトカゲ様は特別に大きいの。タルソ村ではノビトカゲの脱皮した皮でいろいろ商品を出してるんだけど、ノビトカゲ様の皮は普通より大きくて分厚くて丈夫なのよ。まさに最上級品！　一度近くで、ノビトカゲ様の皮を見てみたいと思っていたのよねぇ」

そう言って、ライラはうっとりとした顔をする。

トーマが喜ぶのは想定内だったが、ライラがここまで喜ぶとは思わなかったな。

どちらかというと、本体というより脱皮後の皮に興味があるみたいだけど。

「ノビトカゲ様？　そ、そんなに大きいのか？」

おそるおそる尋ねるレイに、トーマは笑顔で頷く。

「あまりに大きくて、初めはノビトカゲじゃなくて、竜と間違われたって話だよ。ノビトカゲは脱皮するたびに大きくなるから、とっても長生きなんだろうなぁ」

前世と比べると変わった生き物が多いこの世界でも、竜は架空の生き物だ。物語の中にしか出てこない。

それなのに山神様の祭壇のある洞窟に竜が現れたって、発見当初は大騒動になったんだよね。

今は山神様の御使い様という神聖な存在になったけれど。

「トーマ、竜事件のこと知ってるんだね」

俺が感心すると、トーマはポンと胸を叩く。

「グレスハートに来る前に、生き物に関連することはいろいろ調べてきたからね」

「竜って……どれだけでかいんだよ」

話を聞いて、レイはますます顔を強《こわ》ばらせる。カイルが、そんなレイの肩を叩く。

「安心しろ。普通のノビトカゲよりは遥《はる》かに大きいが、物語で語られる竜ほどではないから」

「見たことあるのか⁉」

目を見開くレイに、スケさんが笑って自分たちを指さす。

「見たも何も、その竜事件を解決したのは、フィル様とカイルと我々ですからね」

「えっ‼　そうなの⁉」

トーマは驚き、レイは俺に視線を向けてゴクリと喉《のど》を鳴らす。

「……本当に事件あるところに、フィルの姿ありだな」

不吉の象徴みたいに言わないでくれるかな。

「僕だって事件に遭遇したくはないんだよ」

そもそも洞窟探索に関しては、俺自身は決して乗り気じゃなかった。

竜の話を聞いたコクヨウが興味を示してしまい、仕方なく様子を見に行くことになったんだよね。

婚姻式もあるし、今回は事件が起こらないといいなぁ。

そう祈りつつ、しばらく歩いていくと、タルソ村の近くまでやって来た。

「あ、大きい門が見えてきた！　あれが、タルソ村か？」

レイが前方を指さしながら、俺に尋ねる。

「……大きい門？」

門はあったけど、そんなに大きかったっけ？

そう思って見やると、村の入り口に『山神様の御使い様、ノビトカゲ様のいらっしゃる村・タルソ村』と書かれた、木製のアーチ状の門が立っていた。

「いつの間にあんなに立派な門を……」

「ノビトカゲの像までありますね」

カイルに言われて目を向けると、門の両側に一メートルほどの大きさの木彫りのノビトカゲ像があった。

本当だ。門の上部に気を取られていて、気づくのが遅れた。

それにしても、あのノビトカゲの像……。

「可愛いらしいノビトカゲの像ね」

アリスの言うように、ノビトカゲの像は丸みがあり、可愛い顔をしていた。

マスコットキャラクターのような愛らしさがある。

「可愛いけど、ノビトカゲの特徴である模様はしっかり再現されているね」

「へぇ、像に『ようこそタルソ村へ』って看板を持たせてるのか」

「可愛くて親しみがあるわぁ」

トーマとレイとライラが、像を眺めながら感心する。

すると、スケさんとカクさんは笑いを堪《こら》えつつ教えてくれた。

「あの像はノビトカゲちゃんっていうそうですよ。半年前くらいに村の皆で作ったそうです」

「ノビトカゲ製品のおかげで、村もかなり潤《うるお》いましたので」

ノビトカゲちゃん……。

特産のなかったタルソ村が豊かになったのは、ノビトカゲの皮を利用した商品のおかげだ。

しかし、まさかマスコットキャラクターまで作っているとは……。

いや、村おこし戦略としては、マスコットキャラクターは必要か。

それだけ村に余裕ができたのは、国としては喜ばしいよね。

実際ライラたちも、親しみを感じているみたいだし。

村の入り口まで来ると、門の内側にノビトカゲちゃん帽子をかぶった村人が数人立っていた。

タルソ村の人たちには、友人を連れて訪問する旨《むね》は事前に伝えている。

彼らは俺たちに気がつき、帽子を取ると満面の笑みで出迎えてくれた。

「フィル様、ご友人の皆様、ようこそいらっしゃいました！」

「こんにちは。お祭りの準備で忙しいのに出迎えてくれてありがとう」

俺がお礼を伝えると、村人たちはニコニコと笑って、村の中へと誘う。

「いえ！　祭りの準備はだいたい終わっておりますので」

「ぜひ見ていってください」

去年よりも村の中が活気に溢《あふ》れているのを感じる。

「今回のお祭りは楽しいものになりそうだね」

「ありがとうございます。全てはノビトカゲ様のおかげです」

「今年の飾り付けは、伝統を大事にしつつノビトカゲ様への感謝もこめました」

説明に頷いて、俺たちは飾り付けられた村を見回す。

なるほど。昔ながらの藁飾《わらかざ》りの中に、ノビトカゲちゃんの飾りがあるのはそういうわけか。

「お祭りではノビトカゲちゃんの商品も売ったりするんですか？」

ライラの質問に、村人はハキハキと答える。

「はい。通常とは違う、お祭り仕様のノビトカゲちゃん商品があります」

「この帽子もそうですよ」

「わぁ！　限定品ですか！　素晴らしいですね」

村人の一人が被っている帽子を見て、ライラはパチパチと手を叩く。

お祭りバージョンのノビトカゲちゃんか……。

その前に、通常バージョンがあることも知らなかったけど。

「村長が洞窟の儀式を終えて村に帰ってくるまで、屋台を案内します」

村人はそう言って、奥の屋台を手のひらで指した。

村人が示した一角には、食べ物の屋台や商品の露店などが並んでいた。

屋台の鍋《なべ》から湯気が立ちのぼり、こちらまでいい匂《にお》いが流れてきている。

「さっきからいい匂いがするなぁと思ったら、あそこからかぁ」

レイは幸せそうに、クンクンと鼻を動かす。

「お祭り前なのに、もう屋台の準備ができているの？」

祭り初日は明後日だよね。飾り付けを事前にやるのはわかるが、屋台の食べ物を作るのはさすがに早い気がする。

俺が驚いて尋ねると、村人たちは照れた様子で頭を掻く。

「実は、フィル様がご友人を連れていらっしゃると聞いて、村人の皆がはりきってしまいまして」

「お祭り気分を、先取りしていただこうかと準備しました」

「え！　僕たちのためにわざわざ準備してくれたの？　うわぁ、どうもありがとう！」

俺が驚きつつお礼を言うと、村人たちは恐縮する。

「そんな、お礼を言われるほどではありませんよ」

「我々にとっても当日の練習になりますから」

お祭りの準備で忙しかっただろうに……。

村人たちの心遣いに、胸があたたかくなる。

「本当にありがとう。とても嬉しいよ」

「「ありがとうございます」」

アリスたちも続いてお礼を言うと、村人は嬉しそうに微笑んだ。

「今回のお祭り用に開発した屋台料理や商品もありますので、お友だちの皆さんからも率直なご意見を聞かせていただけると嬉しいです」

村人の一人が言うと、レイが大きく胸を反《そ》らした。

「味見ならお任せください！」

「確かに、レイの得意分野だな」

「まぁ、だいたい『美味《うま》い』ばかりだから、参考にならないかもしれないけどね」

カイルやライラの呆れ口調に、レイは頬を膨《ふく》らませる。

「美味いは最上級の感想だろうが。いい匂いがしているから、絶対に美味いと思う！」

妙に自信を持って断言するレイに、村人たちはコクコクと強く頷く。

「はい。味には自信があります！」

「きっと味には満足していただけると思います」

「ええ、味は保証します！」

村人たち全員が身を乗り出し、真剣な顔で頷いてアピールしてくる。

……なんだか、やけに『味』を強調してくるな。

それだけこだわった料理なんだろうか。

村人たちに誘導されて、俺たちは露店の前にやって来る。

手前に商品の並ぶ露店、奥に屋台が何軒かある。

「まずノビトカゲちゃんのお店と、ノビトカゲの皮を使った商品のお店です」

「実はまだ準備中のものもあって、全部はご用意できていないんですが、並べられるだけ並べました」

村人の説明に相槌《あいづち》を打ちながら、ノビトカゲちゃんの露店を見回す。

露店の中央の目立つところにノビトカゲちゃんのぬいぐるみ、その左側にノビトカゲちゃんの形をしたティーカップ、右側にノビトカゲちゃんが刺繍《ししゅう》されたハンカチやタオルが並べられている。

このあたりが、通常バージョンの売れ筋商品みたいだ。

変わり種としては、ノビトカゲの形をした絨毯《じゅうたん》やタペストリーなんかがある。

それから、奥には木彫りのノビトカゲちゃんが、背の高い順に並んでいた。

手のひらサイズから、村の門で見た一メートルサイズのものまである。

ノビトカゲちゃんよりスペースは割かれていないが、リアルなノビトカゲの木彫りもあるようだ。

リアルなのもカッコイイのに、人気としてはノビトカゲちゃんのほうが高いのか。

お祭りバージョンのグッズは、村人が今かぶっているような帽子が数種類、ワッペン、シャツなど。身につけるものが多かった。

「いろんなノビトカゲちゃん商品があるなぁ」

まだ他にも準備中の商品があるって言ってたよね。ずいぶんな種類を作ったもんだ。

感心する俺に、アリスがぬいぐるみのノビトカゲちゃんを持って微笑む。

「可愛いわね。揃えたくなるわ」

隣のライラは、真剣な顔で木彫りのノビトカゲちゃんを見つめながら呟く。

「本当ねぇ。何種類か仕入れ……いえ、お土産に買っていこうかな」

……今、仕入れって言いそうになっていたな。

まだお祭りの本番前なので、業者買いはできれば控えてほしい。

トーマは隣の革製品が並ぶ露店を指して言う。

「こっちの革製品のお店にも、いろいろな商品があるんだね」

「革製品は主に、フィル様のアドバイスを元に商品化したものが多いです」

村人の説明を聞いたレイは、露店の横に立つ、日干し王子印のついた幟《のぼり》をチラッと見る。

「ここにも日干し王子印が……。手広いな、フィル」

「干物にプリンに石鹸《せっけん》に、さらにはノビトカゲ製品まで……。日干し王子、さすがだわ」

レイがゴクリと喉を鳴らし、ライラはしみじみと呟く。

そんな、なんでも手を出す人みたいに……。

「ノビトカゲ製品の開発に関わることになったのは、本当にたまたまだよ。ノビトカゲの親分と仲良くなった時に、脱皮した皮をたくさんもらったんだ。ノビトカゲの皮って特殊で面白いしさ」

ノビトカゲの脱皮した皮はゴムのような伸縮性と弾力性を持ち、耐久性にも優れている。

さらにノビトカゲの年齢によって、脱皮した皮の厚みも違うから、作れる商品のバリエーションも豊富だ。

ベルトやバッグなど以外にも、靴底の滑り止めや、馬車やキャリーケースのタイヤとしても使っている。

「ノビトカゲの皮は、面白い特性があるもんねぇ。わぁ！　手袋も作ったんだ？」

トーマがそう言って、興味深そうに手袋を手に取る。

「あら、本当。これって、新商品よね？　他にもあるの？」

ライラは言いながら、露店を隅々《すみずみ》まで見回す。

「手袋以外だと、この長靴かなぁ」

そう言って、俺は露店の奥に置かれた長靴を指した。

ノビトカゲの皮は染められるので、渋い色からカラフルなものまである。

「可愛いわ。手袋や長靴にしたのは、皮の特性を活《い》かすため？」

アリスの質問に、俺は頷いて答える。

「そう。ノビトカゲの皮で作ると、水が中に浸透しないんだ。だから靴なんかは、水仕事をする際や、雨の日にも便利だよ」

すると、露店を見回していたライラが、バッと俺を振り返った。

「靴！　そっか！　普通の革靴って水と相性が悪いものね！」

レイもうんうんと大きく頷く。

「あー、濡れると革靴、臭くなるしな」

「雨に濡れるのが嫌な人もいるし、いずれは雨傘や、雨用のコートも作るつもりだよ」

俺がそう説明すると、ライラはぱぁぁっと目を輝かせる。

「素敵！　傘とコートはいつ頃できそう？　手袋や靴を、他の国で売る予定は？　量産はできるの？」

ライラがどんどん俺に顔を近づけてくるので、俺はじりじりと後ろに下がる。

「う、うーん。ノビトカゲの脱皮時期が終わったばかりだし、靴や手袋製作も始まったばかりだから、他の商品開発に着手するにはもう少しかかるかな。村人たちに負担のかからない量産方法も、考えないといけないし」

俺がチラッと村人たちを見ると、青い顔で小刻みにコクコクと頷いていた。

革製品だけでなく、ノビトカゲちゃんグッズも作っているもんな。

おそらくタルソ村だけでは、キャパオーバーだ。

他から働き手を呼んで、工場や部署を細かく分け、効率化をはかってからのほうがいい。

「じゃあ、フィル君！　時期が来たら私に教え――」

ライラが俺に向かって、握手をしようと手を差し出す。

だが、その前にカイルが俺たちの間に割って入った。

「ライラ、悪いな。日干し王子印商品に関連することは、全て陛下かアルフォンス殿下を通す決まりになっているんだ」

ライラは手を差し出したまま、残念そうな顔で言う。

「えー！　時期をお知らせしてもらうだけでも？」

「だけでもだ」

カイルは大きく頭を縦に振る。

お知らせくらいはいいのではと思ったが、俺だと判断が甘くなっちゃうから、ここはカイルに任せたほうがいいのかもしれない。

　俺はカイルの後ろから、ぴょこっと顔を出す。

「ご、ごめんね。ライラ」

　申し訳なく思って謝ると、ライラは息を吐き首を横に振る。

「ううん。気にしないで。当然の対応よ。大丈夫！　うちのお父様はきっと、マティアス国王陛下から他国への販売許可をいただいてくるわ！　その時はよろしくね！」

　満面の笑みに、俺は小さく噴《ふ》き出す。

「ライラ、強いなぁ」

　断られても、全然めげていない。

「さすが未来のやり手商人。その笑顔が怖いぜ」

　レイはライラを見つめ、口元を引き攣《つ》らせた。

「では、そろそろ食べ物の屋台に案内しますね」

　村人たちの案内で、次は食べ物の屋台へと向かう。

　食べ物の屋台は四軒あるようだ。

　手前の屋台には蓋《ふた》付きの四角い木箱が置かれ、その隣二軒にはそれぞれ大きな鉄板、一番奥は大鍋が設置されている。

俺たちが最初の屋台の前に立つと、そこにいた女性がにっこりと笑った。

「フィル様、ご友人の皆様、お待ちしておりました」

「こんにちは。ここはなんの屋台？」

俺が尋ねると、女性はいたずらっぽく微笑む。

「何か当ててみてください」

そう言って、木の蓋を取る。俺たちが木箱を覗《のぞ》き込むと、中には黒くて細長い、薄いカードのようなものがたくさん入っていた。

何も載っていないものと、上に砕《くだ》いたナッツがまぶされているものの二種類があるようだ。

「……なんだ？　この黒くて薄っぺらいの」

レイが目を瞬かせ、トーマが興味深げに観察する。

「なんだろうね、これ」

レイたちは驚いていたが、俺には前世で似たようなものを見た覚えがあった。

「もしかして、これって……海藻《かいそう》を乾燥させたもの？」

小首を傾げて聞くと、村人たちから感嘆の声とともに拍手が起こる。

「さすが、フィル様！　よくおわかりになりましたね」

「そうです。こちらは海藻煎餅《せんべい》。レメーヌという乾燥させるとパリパリ食感になる海藻を使っているんです」

「これがまた、止まらない美味《おい》しさなんですよ」

「へぇ、海藻煎餅か」

スケさんは呟くと、二種類の海藻煎餅を一枚ずつ手に取って食べ比べる。

スケさんの口から、パリパリと小気味のいい音が聞こえた。

「ん！　フィル様。この煎餅、食感が良くて美味しいですよ。木の実のほうは、味が違います！」

驚いた顔で言って、俺たちの手に二種類の煎餅を載《の》せてくれる。

「何も載っていないほうは塩味で、砕いた木の実が載っているほうは少し甘辛く味付けをして乾燥させています」

村人の説明に俺たちは頷いて、海藻煎餅を口に入れる。

薄いところはパリパリと、少し厚みのあるところはザクザクとした食感だ。

食べていくうち、口の中に海藻の旨味が広がる。スナック菓子みたい。

プレーンの方は塩の加減が絶妙だし、もう一つの方はナッツの香ばしさと甘じょっぱさがマッチしている。

どちらもやみつきになりそうな味だ。

「美味〜い！　見かけはあれだけど、食感も味も良くて、食べ始めたら止まらなくなるな」

レイがそう言うと、村人は嬉しそうに笑う。

「子供から大人まで楽しめるよう考えました」

「確かに、酒のつまみにいいな。これがあったら、何杯でもいけそう」

想像で喉を鳴らすスケさんに、村人のひとりがニヤリと笑う。

「いけますよ！　スケルス様、今年はつまみ付きで対決しますか？」

「おおぉ！　それはいいな！」

喜んで応じるスケさんを、カクさんはジトリと睨む。

「マイク、去年の山神祭りで反省したんじゃないのか？」

その低い声に、スケさんはハッとする。

去年の山神祭りの際、俺とカイルとカクさんは初日だけ参加して城に帰ったのだけど、スケさんは「フィル様の分まで祭りを見届けます！」と言って三日間丸々参加した。

連日村人たちとお酒の飲み比べをしたらしく、ひどい二日酔いになって帰ってきたんだよね。

しばらく仕事ができる状態じゃなくて、カクさんにめちゃくちゃ怒られていたっけ。

「あの反省は偽《いつわ》りだったのか？」

「い、いや、反省したさ！　飲まない！　飲まないよ！　皆も俺と飲み比べなんてもうしないよなぁ！」

同意を求められた村人たちは、全てを察したのかコクコクと頷く。

「ええ！　冗談です」

「はい！　スケルス様を二度と誘いませんとも！」

キッパリ断ってもらって助かったはずなのに、スケさんはちょっと寂しそうな顔をしている。

ほどほどだったらいいけど、スケさんの場合は飲むほどに調子づいちゃうみたいだからなぁ。

俺は小さく笑って、それから話題を戻した。

「海藻を煎餅にしたのは、ノビトカゲの好物だからかな？」

ノビトカゲは海藻が大好きで、ノビトカゲの親分に捧げるお供えも海藻だ。

俺の問いに、村人たちは大きく頷く。

「はい。ノビトカゲ様のお好きな海藻を、屋台料理にしたいと考えました」

「だからなのね。山村なのに、海藻を出すって不思議だなって思っていたの」

納得するアリスに、村人たちはにっこりと笑う。

「海藻煎餅だけではありませんよ。隣の屋台もご覧ください」

その言葉を合図に、隣の屋台の鉄板に野菜とエビと貝、そして灰色の麺《めん》が投入される。

炒められた麺が油を吸って黒く、ツヤツヤしてきた。

海鮮のいい匂いがする。でも、なんで麺が黒いんだろう。

炭を練り込んだのかな？　いや、もしかしてこの黒さ……。

「海藻焼きそばです！　生地には先ほどのレメーヌを練り込みました！」

村人は得意げに説明する。

やっぱり、海藻！　レメーヌは加熱すると、より色が黒くなるもんな。

「あの……フィル様、隣の鉄板の料理も黒いですよ」

カイルは少し顔を引きつらせて、隣の屋台を指さす。

「え!?」

俺やレイたちが隣の屋台を覗けば、黒い生地が焼かれているところだった。

「ほ、本当だ。こっちも黒い」

俺の言葉に、村人は胸を張る。

「そちらは同じく生地に海藻を練り込んだ、海藻焼きです。魚醤《ぎょしょう》で味付けしました」

海藻を練り込んだ生地に、魚醤は合うと思う。味は美味しそうだ。

でも、海藻煎餅に、海藻焼きそば、海藻焼き……。三軒立て続けに料理が黒い。

ここまでくれば、一番奥の屋台にある鍋の中身もおそらく……。

俺はおそるおそる尋ねる。

「もしかして、屋台料理全部に海藻を使ってるの?」

「「はい!」」

……いい笑顔と、いい返事だ。

ノビトカゲの好物の海藻を材料に使うというアイデアはいいと思う。

ただ、俺はイカ墨パスタとかを知っているからそこまで驚きはしないけど、こちらの世界ではこんなに黒い料理は多分ないよね?

明らかに攻めた料理。果たして、観光客に受け入れてもらえるのだろうか。

「匂いは美味しそうなんだよなぁ」

レメーヌが焼ける匂いに食欲が刺激されたのか、レイはグゥゥと鳴った自分のお腹をさする。

そして逡巡《しゅんじゅん》したあと、盛り付けられた焼きそばの皿を手に取り、フォークで麺をすくって口に運んだ。

「え！　美味い！」

大きく目を開けて驚きつつ、レイはもう一口焼きそばを食べる。

「みんにゃ！　これ黒いけろ、うみゃいぞ！　黒いけろ！」

モゴモゴしながら言うレイに、カイルは呆れる。

「ケロケロ言うな。蛙《かえる》か。飲み込んでから言え」

レイはしっかり飲み込んで、海藻焼きそばを指さす。

「すぐ勧めたくなるくらい美味しいんだって！」

「こっちの海藻焼きも美味しいですよ。具は海藻だけですが、素朴《そぼく》で美味いです」

海鮮焼きを食べたスケさんも、びっくり顔で言う。

そんな感想を聞いて、俺たちも皿を手に取りパクリと口に入れた。

確かに二人の言う通り、驚くほど美味しい。

海藻焼きそばは塩味。海藻麺はモチモチしていて旨味があり、エビと貝と野菜を、具としても入っているレメーヌがまとめあげている。

海藻焼きは具材がシンプルなのに、生地に旨味があるからそれだけで充分美味しかった。

「どうです？　見た目はちょっと個性的ですが、味は美味しいでしょう！」

「試作を繰り返しましたからね。味には自信を持っています」

「味は最高でしょう！　見た目はアレですけど！」

村人たちはどうだと言わんばかりに胸を張る。

さっきやたらと味を強調していたのは、こういうことだったのか。

「あのぉ……もしかして、あの大鍋の中身も黒いんですか？」

トーマがおずおずと、奥にある屋台を指さした。

村人以外の俺たち全員が気になっている部分だ。

「黒いですけど、美味ですよ！」

……やっぱり黒いんだ。正直、見るのが怖いけど、ここまで来たら見ないわけにもいかない。

屋台に近づいていくと、煮えた海藻の匂いがだんだん強くなってきたな。

「鍋ってことは、海藻スープかしら」

「あの大鍋には、きっと海藻がたっぷり入ってるんだろうなぁ」

「うん……黒いって言ってたもんね」

アリスとレイとトーマは、少し不安そうな表情をしている。

「だ、大丈夫よ。心構えはできているわ」

ライラは緊張した面持ちで、グッと拳を握った。

俺たちはお互い顔を見合わせ、意を決して大鍋を覗き込む。

各々ちゃんと心構えはできていた……はずだった。

しかし、中を見た俺たちはギョッとする。

「「「「黒っ!!」」」」

黒い。予想以上に黒い。

鍋の中には、黒色のドロドロとしたスープがなみなみと入っていた。

中の具材が黒いんじゃない。液体自体が黒いのだ。

粘度も高いようで、ゴポリゴポリと不気味な音を立てて煮立っている。

前にもこれに似た液体を見たことがあったな。

以前、双子の薬師《くすし》のお宅で、軟膏《なんこう》を作る工程を見たことがある。その時鍋に入っていた液体にそっくりだ。

あれも、魔女が作った魔法薬みたいにすごい色をしていたけど、このスープの色はそれを凌駕《りょうが》する。

あれを超えるものには、もう出会うことはないだろうと思っていたのに……。

しかも、これは軟膏じゃなくて食べ物なんだよなぁ。

「うわぁぁ……すっごい黒いなぁ」

スケさんは驚きを通り越して、感心するかのような声を漏らした。

「ああ、想像していた以上だな」

カクさんは呆気にとられているようだ。

「こんなにすごい色のスープ、初めて見た」

顔を引きつらせるレイの隣で、トーマは無言でコクコクと頷いている。

「どうしたらこんなにドロドロになるんだ」

「匂いは美味しそうなのにね」

カイルとライラに至っては、若干引き気味である。

そうだよな。イカ墨料理を知っている俺でさえ、これを食べるのは躊躇《ちゅうちょ》する。

「あの、これは海藻スープ……に、なるんでしょうか？」

アリスが村人たちの顔を窺いつつ、そっと尋ねる。

優しいアリスの、村人たちに気を遣った言葉選びである。

その質問に、村人たちは元気な声で答えた。

「はい。究極の海藻スープです！」

「形がなくなるまで煮込んだので、見た目は先ほどより、さらにちょっぴりアレですが、お味は保証しますよ！」

「召し上がっていただければわかります！　騙《だま》されたと思って、どうぞ！」

村人たちはスープが入った器をトレイに載せて、俺たちの前に差し出す。

レイはその黒い液体を、まじまじと見つめて言う。

「そう言われる時って、大抵騙されることが多い……むぐっ」

カイルは失礼なことを言おうとしたレイの口を後ろから押さえる。

でも、ちょっとレイの気持ちもわかる。勇気いるよね。

すると、スケさんがスープの器を手に取った。

「まず、俺が味見してみますよ。面白そうですし」

「面白いって……。お前って昔から、そういうところがあるよな」

カクさんが言うと、スケさんは肩をすくめる。

「味は保証されてるんだから、試してみたいだろ」

そう言って笑い、器に口をつけてスープを飲む。

「……ん!?」

スケさんは目をクワッと見開き、そのまま動かなくなった。

その反応に、見守っていた俺とカクさんは焦る。

「スケさんどうしたの!?」

「どうしたんだ、マイク！」

「や、やっぱり騙されたんだぁっ！」

頭を抱えるレイに、村人たちは大いに慌てる。

「そんな！　海藻以外何も入ってないですよぉ！」

その時、スケさんが器から口を離し、ポツリと呟いた。

「うま……」

え？　今、なんて？　っていうか、大丈夫なの？

戸惑う俺たちをよそに、スケさんはスープをゴクゴク一気に飲み干した。

「プハ〜ッ！　うっまぁ！　驚いた！　見た目から想像できないほど美味い!!」

美味しくて驚いただけかい！

俺たちは気が抜けたように息を吐き、村人たちは胸を撫でおろす。

カクさんは呆れ顔で、スケさんの肩をベシッと叩いた。

「人騒がせな行動をとるなっ！」

「悪い悪い。いや、本当に驚くほど美味くてさ。すごいぞ、これ。俺、もう一回おかわりしよ」

すでにお玉を手に取っていたスケさんは、器におかわりを注ぐ。

「そ、そんなに美味しいんですか？」

トーマは未だ半信半疑のようで、おそるおそる尋ねる。

「ええ。ドロドロなんですけど、舌触りは悪くないですよ。味も、旨味の中にコクがあるっていうか。とにかく美味いです！」

スケさんの高評価を得て、村人たちは嬉しそうに笑う。

「ありがとうございます！」

スケさんはニコニコと笑顔で、俺たちにスープとスプーンを配りながら言う。

「フィル様、これは飲まないと損だと思いますよ。さぁ、さぁ、ご学友の皆さんも、カークも飲んで飲んで」

スケさん、完全に村人側になっちゃったな。

「飲まないと損……かぁ」

黒い液体を前に、俺たちはゴクリと喉を鳴らす。

スプーンで黒い液体をすくい、皆で一緒に口に運ぶ。

「……ん！　美味しい」

俺の呟きに、アリスが目をまん丸にして頷く。

「本当ね。とても美味しいわ」

飲みにくいかと思ったが、海藻のとろみのお陰か、思っていたよりスルンと喉に入っていく。

海藻から出汁《だし》が出ているようで、旨味が強い。

でも、この複雑な味……というかコクはどうやって出しているんだろう。

「もしかして、レメーヌ以外にも海藻を使ってる？」

俺の指摘に、村人たちがぱあぁっと目を輝かせた。

「はい、その通りです！　数種類の海藻を隠し味として入れました」

「一口飲んでおわかりになるとは、さすがフィル様」

そう言って、ブラヴォーとばかりにパチパチと拍手をする。

海藻スープで海藻が隠し味って何？　そんな疑問が浮かんだが、追及はやめておこう。

「それで……我々の屋台料理、いかがだったでしょうか」

「お味はお気に召しましたか？」

村人たちの期待を込めた問いかけに、俺は返答に詰まる。

「えっと、どの料理も、味はとても良かったよ」

味に関しては申し分ない。

レイたちも、それについては異論はないと大きく頷く。

ホッとする村人たちに向かって、ライラは申し訳なさそうに話し始めた。

「美味しいですし、ノビトカゲ様の好きな海藻を使うアイデアも面白いと思います。ただ、やはり見た目が少し……」

「ちょっと勇気がいる色だよね」

トーマがスープを見つめながら言うと、レイは眉を寄せて唸る。

「ん〜、食べ始めたら、すっげー美味いんだけどなぁ。観光客が騙されたと思って食べてくれるかどうか……」

そんな感想に、安堵していた村人たちは、屋台担当も含めしょんぼりと肩を落とす。

「私たちもどうにかしようと、いろいろ試行錯誤《しこうさくご》してはみたんです」

「しかし、見た目を重視すると、味が落ちてしまう」

「味かっ！　見た目かっ！　我々は、究極の選択を迫られました！」

両手を天秤《てんびん》のように、交互に上下させながら力説する村人の言葉を、別の村人が継ぐ。

「そして、悩みに悩んだ末に我々は……我々は！」

「味をとって、この見た目になったと？」

続くだろう言葉を先取りすると、村人たちはコクコクと頷く。

「あと村長が、いっそ徹底して黒い料理にしたほうが、面白いんじゃないかって言うんで……」

「我々も歯止めがきかなくなっちゃって。へへへ」

頭を掻きながら、村人たちは気恥ずかしそうに笑う。

村長……。あの人、極端なところがあるんだよなぁ。

「フィル様、このままじゃまずいですかね？」

村人たちは不安げに俺を見つめる。

「うーん、そうだなぁ」

祭りは目前。一から料理を見直している時間も、宣伝に手間暇かける時間もない。

だからといって、このまま対策なしでいくのはちょっと怖いよなぁ。

ちょっとしたアレンジや工夫で、どうにかできないかな。

味はすでに完成されているものだから、手を加えすぎるとバランスが崩れてしまうかもしれない。

美味しさを損ねない、むしろプラスになるアレンジはないかな……。

俺は腕組みしつつ、小さく唸る。

「海藻焼きそばや海藻焼きは、味を損ねず美味しそうな見た目に少し変えることはできると思うんだ。例えば、具材にもっと赤い色のエビを使うとか。色鮮やかな野菜を使ってみるとか」

俺が言うと、アリスは「なるほど」と呟いて微笑む。

「鮮やかな色を加えて、反対に黒を引き立たせるのね。とてもお洒落《しゃれ》だと思うわ」

「色の対比か！　そのアイデア、案外いけるかも。今、社交界では黒の礼服に、鮮やかな色のチーフを合わせるのが流行中だから」

パチンと指を鳴らすレイに、ライラは唸る。

「色鮮やか……それなら、エビはグレスハート産の赤エビを使ってみるのはどうかしら？」

「それは、いいかもしれない」

グレスハート産の赤エビは、加熱すると身が綺麗な赤に変わる。

今使っているエビより小ぶりにはなるが、味は濃いので焼きそばの味を引き立ててくれるだろう。

それに、赤エビに替える利点は、他にもあるんだよね。

「となると、野菜はソリルね。綺麗な緑色のソリルは、海藻焼きそばにピッタリだと思うの。そして赤エビ同様に単価が安いから、原価が抑えられるわ」

さすが商売人見習いのライラ、俺と同じように原価を考えていたか。

村人たちは嬉しそうな顔で、提案に賛同する。

「原価が下がるのはありがたいです！」

「しかし、よく市場の価格をご存知ですね。他国の方と伺《うかが》っておりますが……」

感心しつつ驚いている村人に、ライラは照れた顔をする。

「新しい場所を訪れたら、まず市場を見て回るんです。趣味と商売の勉強を兼ねて」

ライラはグレスハートに到着してすぐ、市場を見て歩いていたって言ってたもんな。

「だけどさ、フィル。海藻焼きそばと海藻焼きはいいとして。他のふたつはどうなんだ？」

レイに聞かれ、俺は低く唸る。

そう。海藻煎餅はすでに完成されているから、そのままで行くしかない。

海藻スープだって、入れた具材が黒く染まるだけだろうし。

一応、スープの器にパイ生地を被《かぶ》せて焼くポットパイも考えたが、手間暇もかかるし原価も上がる。何より、即席でやるには無理がありそう。

「海藻煎餅は試食してもらえばいけそうですけどね」

スケさんはそう言って、どこに隠し持っていたのか海藻煎餅をパリポリと食べる。

「食べてもらえばハマる味ですもんね」

トーマの言葉を聞いて、俺はハッとする。

「そうだ。飲み物を買ってくれた人に、試食用に海藻煎餅を一枚つけたらどうかな」

普通に置いていても、手に取ってもらえない可能性もある。

飲み物のおまけとして配り、食べてもらえば味をわかってくれるんじゃないだろうか。

俺の提案に、カイルが大きく頷いて同意する。

「それはいいですね。食べた人が気に入って海藻煎餅を買いに来てくれるかもしれません」

「海藻煎餅はその方法で良さそうね」

微笑むアリスに、レイはチラッと黒いスープを見つめて言う。

「煎餅は試食できるけどなぁ。このスープはどうにもならないんじゃないかなぁ」

レイが弱音を吐くと、ライラはその背中をベシッと叩いた。

「諦めないの！　頑張って知恵を振り絞るのよ！　私たちはステア王立学校で、最先端の商学を受講しているんだから。しかも、歴代の受講生たちの中で、実技の売り上げ最高額を叩き出したばかり！　今こそ、私たちの知識と経験を見せる時だわ！」

グッと握り拳を作るライラに、アリスやトーマ、村人たちがパチパチと拍手する。

「フィルの料理あっての売り上げだと思うんだが……」

レイは叩かれた背中をさすりながら、ボソリと呟く。

「味は美味しいんだから、売り出し方を変えてみるとか、いろいろ方法はあるでしょ。買い手の印象が変われば、購買意欲も湧《わ》くわよ」

なるほど、買い手の印象か……。

俺が考え込んでいると、規則正しく揃った足音と、男たちの「ヨイサ、ヨイサ」という掛け声が聞こえてきた。

そちらを見れば、村長を先頭にして、輿《こし》を担いだ村人たちがこちらにやって来る。

木製の輿は長方形で、四方に布がかけられ中が見えないようになっていた。

大きな輿の後方から、トカゲの尻尾《しっぽ》がダラリと下がっている。

洞窟の儀式を終え、村にノビトカゲの親分を連れてきたのだろう。

「あぁ！　フィル様、お出迎えできず申し訳ありませんでした」

村長は俺に気がつくと、小走りで俺の前へやって来て深々と頭を下げる。

「儀式ご苦労様。ノビトカゲ様を連れてきたの？」

チラッと見ると、村人たちが輿を丁寧に地面に下ろすところだった。

屈強そうな男の人たちが皆汗だくで、疲労困憊《ひろうこんぱい》といった様子である。

ノビトカゲの親分の体長は、五メートルほど。体重もかなりある。

担いで連れてくるのは、かなり大変だっただろう。

【おぉ、その声はフィルか】

ノビトカゲの親分が輿の布を押し上げて、中からゆっくりと出てくる。

「わぁ、久しぶり！　元気にしてた？」

【お前のおかげで、平穏に過ごしている】

「村の人とも仲が良さそうで良かったよ」

ワニほどに大きな頭を撫でると、親分は気持ちよさそうな顔をしてすり寄ってくる。

すると、後ろで小さな悲鳴が聞こえた。

振り返ると、レイがカイルの後ろに隠れている。

俺は目を瞬かせて聞く。

「どうしたの？」

「ど、どうしたもこうしたも、大丈夫なのかよ。物語の竜みたいにデカいじゃないか」

慌てふためくレイに、カイルはため息を吐く。

「それほどではないだろう。それに、大きいとは伝えていたはずだ」

「聞いた！　聞いたけど、これはデカすぎだって」

「僕も想像していたより大きくてビックリした。立派ですごいね！」

感動しているのか、トーマはプルプルと体を震わせている。

「ええ。大きいし、実際の鱗《うろこ》はツヤツヤして美しいわ」

「本当ね。ビックリしたわ」

ライラやアリスも緊張した面持ちで、息を吐く。

「だけど、確かに前より大きくなった？」

俺は親分の頭を撫でながら尋ねる。

脱皮するたびに大きくなるノビトカゲだが、一年でこれほどに変わるものだろうか。

【村人が定期的に海藻を捧げてくれるからかもしれんな。以前は、餌が食べられぬ日も多かったから】

山神様の御使い様として、捧げものをいっぱい食べて大きくなったわけか。

「海藻には栄養がたくさんあるもんね。鱗がツヤツヤしてるのも、そのおかげなのかな」

俺がそう呟いた時、カイルの背中からレイが顔を出す。

「そっか、売り出し方……。考えるべきはそこかも！」

「何かいい案が思いついたのか？」

尋ねるカイルに、レイはコクリと頷いた。

「フィルが海藻には栄養がたくさんあるって言っただろ。だから、そこを打ち出すんだよ。題して『栄養たっぷりの海藻を食べて、ノビトカゲ様みたいにツヤツヤになろう』だ！」

レイは力強く言って、拳を天に掲げた。

「美容や健康を売りにして、それを宣伝するってこと？」

俺が小首を傾げると、レイは大きく頷く。

「そうそう。この黒いスープを前にすると腰が引けちゃうから、食べてみようという気持ちを引き出すのが重要だと思うんだ！　健康や美容に興味がある人は多いからな」

「それで皆、食べてくれるかな？」

少し不安そうなトーマに、ライラはにこっと笑った。

「大丈夫よ。味はいいんだもの。食べて美味しいって驚いてくれる人がいれば、他の人も興味を持って食べてくれるわ。なかなかいい方法よ、レイ」

「ああ、レイにしてはいい案だな」

感心するライラやカイルに、レイはちょっと眉を顰める。

「レイにしてはってなんだよ。俺だって商学の座学の点数はいいんだぞ」

拗《す》ねた口調ではあったが、褒《ほ》められた嬉しさが表情に表れていた。

俺は小さく笑って、それから村長へ向き直る。

「去年は村に来る手前に、山神祭りの幟とかを立てていたよね。今年もそうなの？」

「はい。幟はすでに用意しておりまして、当日立てることになっております」

「じゃあ、追加で幟を作って、一緒に屋台料理の宣伝もしちゃおうか」

「屋台のチラシを作って、村の入り口で配ってみてもいいわよね」

重ねて提案するアリスに、カイルは小さく笑う。

「いきなり黒い料理を出されるよりは、驚かずにすむかもしれない」

よし、考えられる対策案は出せたかな。

「今言ったみたいな宣伝をするのはどうかな？　幟やチラシを作る手間はできちゃうけど……」

メモを取りつつ聞いていた村人たちに尋ねる。

「いえ！　手間にはなりません。それくらいなら、祭り当日までに間に合いますよ」

「海藻をそのまま活かしていただく案を考えてくださり、ありがとうございます」

村人たちは安堵の息を吐き、村長は深々とお辞儀をする。

すると、頭を上げた村長が、ハッとした表情で俺に向かって叫ぶ。

「そうだ！　いっそのこと、祭りの装飾にも黒を取り入れますか？」

名案を思いついたと言わんばかりの村長の発言に、俺たちは固まる。

なんだって？　黒い装飾？

ちらっと広場を見ると、広場の一番目立つ位置に祭壇が作られてあった。

山神様の御使い様である、ノビトカゲの親分の席である。

去年の記憶が確かなら、その前でキャンプファイヤーのように火を焚《た》いて、炎の周りで山神踊りを踊るはずだ。

ここに黒の装飾なんかが加わったら、何かの儀式みたいに思われない？

黒い料理だけでも怪しいのに……。

俺は軽い疲労感を覚えて、額に手を当てる。

そんな俺に気づかず、村長はなおもワクワク顔でアイデアを出す。

「海藻を装飾にあしらってもいいですね！」

海藻を装飾……って何。もしかして、海藻をぶらさげるの!?

【ほう、海藻を装飾にか……】

親分は興味深そうに呟いていたが、その提案はもちろん却下だ。

だって、すでに屋台から海藻の匂いがしてるんだよ？

海藻を装飾にしたら、炎で燻《いぶ》されて、さらに村の中が磯《いそ》の香りで満たされちゃうよ。

「村長、それはやめとこう！」

「ええ、装飾は手間がかかりすぎますから」

俺は村長の手を握り、真剣な顔で言う。

「そうですよ。せっかく、ノビトカゲちゃんで可愛らしく装飾されていますし、今のままで充分だと思います！」

カイルとアリスも俺に続いて言い、村人を含めた他の皆も「黒い装飾はなしで！」と強く説得する。

村長は皆の顔を見回し、少し残念そうに息を吐いた。

「……そうですかぁ」

村長に任せると危険だ。そう感じた俺たちであった。

## 3

タルソ村を見学した次の日、俺は朝から自室で書類整理に励んでいた。

担当している公務の、報告書確認作業だ。

お祭りで遊ぶ前に、書類の処理だけでも終わらせておこうと決めたのだ。

きっちり終わらせて、思い切りお祭りを楽しむぞ！

俺は読み終えた書類にサインし、確認済みの箱に入れようとする。しかし、ふとその手を止めた。

「……ん？」

箱の縁《ふち》から、黄色いふわふわが見える。

紙の先でチョンとつつくと、ピョコンとコハクが顔を出した。

【コハク！】

そう名乗って、バッと翼を広げる。

……そうだろうね。名乗る前からわかっていた。

いつから入っていたんだろう。書類に集中していて全然気づかなかった。

コハクを箱からすくい上げ、代わりに書類を箱に入れる。

「箱でかくれんぼしてたの？」

【ビックリしたー？】

ワクワクした顔で聞かれて、俺は小さく噴き出す。

やることがあんまりに可愛くて、思わず笑ってしまう。

「うん。ビックリしたよ。でも、今はお仕事中だから、かくれんぼはこれが終わるまで待っててね」

そう言うと、コハクはつまらなそうに【はーい】と返事をする。

机にコハクを下ろし、小さな頭を指で撫でる。

さて、約束したからには早く終わらせないと……。

「次の書類は……」

未処理の書類に手を伸ばそうとすると、今度はコクヨウが間に割って入ってきた。

突然だったので、伸ばした手はコクヨウの体にモフッと埋まる。

あぁぁ、コクヨウの毛は手触り良くて、ボリュームあるから本当にモフモフゥ……って違う！

極上のモフモフに我を失いかけて、俺はブルブルと頭を振った。

「コクヨウまでどうしたの？」

【どうしたではない。まだ続ける気か。いい加減にしろ】

不満げに鼻息を吐くコクヨウに、俺は目を瞬かせる。

コクヨウが不満そう。しかもコハクみたいに、作業を邪魔するなんて……。

そう考えて、ハッと息を呑む。

「コクヨウ、もしかして……コハクみたいに遊んでもらいたいの？」

宿題をやっていると、ホタルやテンガが寂しがって甘えてきたり、ランドウやコハクが退屈で遊んでもらいたがったりすることはあった。

けど、まさかコクヨウが⁉

俺が感動ではわはわと口元を震わせていると、コクヨウは苛立ったように「ガウ」と鳴いた。

【違う！　おやつの時間が遅くなるだろうが！】

「……え、おやつ？　あ！　もうそんな時間？」

俺が驚くと、カイルが笑いを含んだ声で言う。

「用意は出来ていますよ」

見ればアリスとカイルが、ティーテーブルにお茶のセットを広げていた。

俺に向かって、アリスが微笑む。

「そろそろ休憩なさいますか？」

【アニキのプリンも準備してあるっすよ！】

【ボクたちのクッキーも出したです！】

そう言ったテンガとホタルの前には、お皿に載った動物用クッキーやプリンが並べてあった。

【あとはフィル様が、座るだけですぜぃ】

ザクロが前足で手招きし、ルリがコクコクと頷く。

【なぁ、早く食べよーぜ！】

ランドウも我慢の限界なのか、クッキーを前に足を踏み鳴らす。

その様子に、俺はクスッと笑った。

「準備してくれてありがとう。じゃあ、おやつにしようか」

俺は席を立ち、机の上にいたコクヨウとコハクを腕に抱える。

俺はコクヨウをチラッと見て、大袈裟《おおげさ》にため息を吐いた。

「なんだ、そっかぁ。おやつの時間だから、コクヨウが呼びに来たわけね。コハクみたいに甘えてきてくれたのかと思って喜んだのに」

【コハクと一緒？】

コハクがつぶらな瞳でコクヨウを見つめ、コクヨウは軽く睨む。

【一緒にするな】

【コクヨウらしいといえば、コクヨウらしい理由ですよね】

やり取りを聞いていたらしいヒスイが、くすくすと笑いながらふわりと飛んでくる。

確かに食いしん坊のコクヨウらしい。でも、ちょっぴり残念だ。

コクヨウたちをホタルたちの場所に下ろし、ティーテーブルの席に着く。それから、傍で控えていたアリスとカイルに、空いている席を示した。

「二人も一緒にお茶しようよ」

通常、主人と仕える者がお茶の席をともにすることはない。

だが、人目がない場所では、アリスたちやスケさんたちにわがままを言って、席に着いてもらっている。

一人で飲むお茶なんて、美味しくないもんね。

二人も俺の気持ちがわかっているからか、追加のお茶とお菓子を用意して席に着く。

「いい香りのお茶だね」

俺がカップを持ち上げ、お茶の匂いを嗅《か》ぐ。

「今日のお茶は、目の疲労に良いと言われているハーブティーです。あとで目の上に載せる、蒸しタオルも用意しますね」

「朝から書類と格闘《かくとう》していたから、目が疲れていたんだ。ありがとう」

至れり尽くせりなアリスの気遣いに、俺は微笑む。

「半日だけで、書類整理もかなり進みましたよね。よかったです」

カイルの言葉に、俺はお茶を飲んで息を吐いてから頷く。

「うん。終わってからじゃないと、お祭りも気持ちよく楽しめないもんね。安心したぁ」

俺はケーキを頬張りながら、ちょっと脱力する。

そんな時、ふいに部屋の扉がノックされた。

「フィル様、マイク・スケルスです」

「カーク・キナスです。申し訳ありません。よろしいでしょうか」

スケさんとカクさん？

今日は書類整理で自室から出ないので、二人には別のお仕事に行ってもらっていた。

俺が入室を許可すると、二人が中に入ってくる。

「休憩中でしたか、申し訳ありません」

謝るカクさんに、俺は微笑む。

「二人もおやつ一緒にどう？」

「大変魅力的なお誘い、いつもならお受けするのですが……」

スケさんはテーブルの上のケーキを見下ろし、ひどく残念そうな顔をする。

カクさんはそんなスケさんの脇腹を肘《ひじ》で小突《こづ》くと、俺に向かって一礼した。

「陛下から命を受け、フィル様をお迎えにあがりました。至急、小広間にいらしてほしいとのことです」

その言葉を聞いて、まったりしていた俺の血の気がサァッと引く。

「え！　至急？　何かあった？　僕が担当している開発地区で、問題が起こったとか？」

音を立てて椅子から立ち上がると、スケさんとカクさんは慌てて首を振った。

「大丈夫です。それではありません」

「午前中に我々が宿泊街の確認に行きましたから、順調なのは確かです」

「はぁぁぁ。そっかぁ、良かった」

俺は再び椅子に座って、安堵の息を吐く。

間もなくオープンなのに、問題が見つかったらどうしようかと思った。

……でも、それではないならなんだろう。

首を傾げる俺に、カイルが隣にやって来て囁《ささや》く。

「も、もしかして……留学中のフィル様のやらかしがバレたんですかね？」

冷や汗を滲《にじ》ませるカイルを見上げ、俺はゴクリと喉を鳴らした。

「……バレたとしたら、どれが？」

思い当たる節が多すぎて、わからない。

「婚姻式にはクリティア聖教関係者も来ていますから、そちらに関係することでは？」

「いや、それはアルフォンス兄さまが上手く言ってくれたはずだし……」

ん～、考えてもわからない。

「とにかく、すぐ行かなきゃだね」

俺も残っていたお茶を飲み干して、「ごちそうさま」と席を立つ。

すると、足元で【えぇ～】と不満げな声が聞こえた。

そちらを見ると、悲しげに俺を見上げるコハクと目が合う。

あ、そうだ。あとでかくれんぼするって約束したんだった。

「ごめん、コハク。帰ってきたら、遊んであげるから。今度こそ約束！」

俺は屈《かが》んで小指を差し出す。

『ゆびきり』など知らないコハクは、ハイタッチするみたいに俺の小指に羽根をぶつけてきた。

【やくそく！】

他の皆は、まだおやつ中か。このままお留守番でいいかな。

そう思っていると、アリスは微笑む。

「私は皆とお待ちしていますね」

【私もおりますから安心して行ってらっしゃい、フィル】

ヒスイもふわりと俺の前に下り立ち、小さく手を振る。

アリスとヒスイなら、ランドウたちと適度に遊んで気を紛《まぎ》らわせてくれるだろう。

「ありがとう、行ってくるよ」

それなら安心だと、にっこり笑い返した。

兄弟たちの中で俺が一番最後に部屋に着いたようだった。

部屋のソファには父さんと母さん、アルフォンス兄さんとヒューバート兄さんとレイラ姉さんが座っている。

そこまでは予想がついていたのだが、驚いたのはそこにステラ姉さんがいたことだった。

「ステラ姉さま!?」

「フィル！　元気でしたか？　会えて嬉しいですわ」

ステラ姉さんは席を立って、手を広げる。俺が駆け寄ると、笑顔で抱きしめてくれた。

「僕も会えて嬉しいです」

ステラ姉さんの抱擁《ほうよう》から解放された俺は、ふとあたりを見回す。

旦那《だんな》さんの、ティリア王国アンリ皇太子の姿がない。

「アンリ義兄《にい》さまはご一緒ではないんですか？」

「本当は一緒に来る予定だったのですけど、出立までにヴェールが完成しませんでしたの。あとから届けてもらうことも考えましたが、アンリ様が自分で責任をもって届けたいとおっしゃって。ですから、少し遅れていらっしゃいますわ」

あっそうか、ヴェールの制作が遅れているって手紙が来ていたもんな。

自ら持ってくるなんて、責任感の強いアンリ義兄さんらしい。

「私の出立後に『ヴェールは無事完成。これから出立する』と、早馬で知らせが届きましたわ」

「そうですか。それは、良かったです」

イルフォード、ヴェールを完成させることができたんだ。

俺はそばで控えていたカイルと顔を見合わせ、安堵の息を吐く。

「今回の花嫁衣装作りは、大変な苦労があったようだな。ティリア国王陛下やアンリ皇太子殿下には、本当に感謝してもしきれない」

父さんの言葉に、ステラ姉さんが微笑む。

「そのお気持ち、ぜひアンリ様に直接お伝えくださいさい。お喜びになると思いますわ。まぁ、楽しんで作っていらしたので、もしかしたら苦労を苦労と感じていらっしゃらないかもしれませんけれど」

ステラ姉さんは、口元に手を添えてくすくすと笑う。

そういえば、イルフォードは大変そうな作業も楽しそうにこなしていたっけ。

アンリ義兄さんもそうなのか。

「アンリ皇太子にお会いしたら、しっかり感謝を伝えよう」

父さんは微笑み、それから俺たちを見回した。

「皆が揃ったから、そろそろ本題に入ろう。ステラ、フィル座ってくれ」

あれ？　俺たちが呼ばれたのはステラ姉さんやアンリ義兄さんの話とは関係ないのか。

俺とステラ姉さんがソファに腰を下ろすと、父さんは隣にいる母さんに視線を送る。

どうやら、話があるのは母さんらしい。

「実はね。貴方たちのおじい様が帰国されたそうなの」

母さんの言葉に、俺は目をパチクリさせる。

俺たちの……おじい様？

父方の祖父母と、母方の祖母は、すでに亡くなられている。

だから、ここで言うおじい様っていうのは、母方の祖父……クロフォード侯爵のことだろう。

おじい様とはいっても、まだ五十代後半。

現役バリバリって感じで元気だけど、隠居《いんきょ》して諸国を巡っているそうなんだよね。

「おじい様はいつ到着されたの？」

身を乗り出して尋ねたレイラ姉さんの質問に、ステラ姉さんが答えてくれる。

「私が到着したのと同じ頃です。私が船から馬車に乗り換えようとしていた時、ちょうどおじい様が別の客船から降りていらしたの。まさか、港でお会いすると思いませんでしたわ」

苦笑するステラ姉さんに、レイラ姉さんは息を吐く。

「もう、おじい様ったら連絡くだされぱいいのに。だけど、婚姻式に間に合って良かったわ」

「そうだね。出席されるっておっしゃっていたのに、全然帰国されないから心配していたんだ」

アルフォンス兄さんの言葉に、ヒューバート兄さんが大きく頷く。

「だよなぁ。いつまで経っても帰国されないんだもんな。遅いから、何かあったかと思ったよ」

母さんは頬に手を当てて、深くため息を吐いた。

「皆に心配をかけて……お父様には困ったものよね。今頃きっと、実家でアントンからも恨《うら》み言を聞かされていると思うわ。先日も、お父様からの便りが少ないって心配していたから」

アントンというのは母さんの弟。俺たちの叔父さんだ。

母さんとそっくりで、ふんわり笑顔の穏やかな人である。

「私には報告書が届くんだがなぁ」

父さんは困り顔で、苦笑する。

おじいさんの諸国巡りは、他国との外交や調査も兼ねているそうなんだよね。

旅先から、時々報告書を送ってくれると聞いている。

「報告書と一緒に、家族への手紙もちゃんと書いていただきたいわ」

珍しく、母さんは拗ねた口調で言う。

俺の場合は、テンガの空間移動能力があるので、学校と城とで毎日手紙をやり取りしている。

だが、この世界の郵便は、出してからだいたい数週間から数ヶ月かかるんだよね。

とはいえ直近の様子は知れないにしても、定期的に手紙を出してほしいのだろう。

比較的安全な国を巡るといっても、家族としては心配だもんなぁ。

テンガの能力で中継してあげられればいいんだけど、袋鼠《ふくろねずみ》の能力も万能ではなくて、知っている場所でないとやり取りできない。

転々としているおじいさんの場所がわからないので、能力を使うことができないのだ。

「侯爵と会った時に、私からもそれを伝えるから」

父さんは優しく母さんを宥《なだ》め、それから俺たちを見回す。

「明日、クロフォード侯爵をディナーに招待することにした。それぞれ準備で忙しいかと思うが、全員が参加出来るよう調整してほしい」

俺たちはそれに対し、「はい」と返事をする。

明日はお祭りだけど、夕方までに帰ってくればいいから大丈夫だよね。

しかし、おじいさんかぁ。気難しい人だったらどうしよう。

俺が心配していると、アルフォンス兄さんが俺の顔を覗き込んできた。

「あれ？　もしかしてフィルは、おじい様とお話ししたことがなかったかな？」

「あ、そっか。何回かおじい様が帰国されたことはあるけど、フィルは学校にいたもんな。おじい様が国を出た時は、こんなに小さかったし」

ヒューバート兄さんが、親指と人差し指で十センチほど幅を作る。

「……さすがにそんなに小さくないです」

それだと、小人じゃないか。

「でも、まだ二歳だったので、あまり覚えていません」

しかも、前世だった時の記憶を、思い出す前だ。

幼かったせいか、前世の膨大な記憶に追いやられてしまったせいなのか、おじいさんとの思い出どころか顔すらも曖昧《あいまい》なんだよね。

ステラ姉さんの婚姻式に出席されたって聞いたけど、俺はその式に出席できなかったし。

「おじい様は面白い人だぞ。子供と同じ目線に立って、一緒に遊んでくれるんだ。俺もよく遊んでもらった」

「大人でも子供でも、誰とでも親しくなれる方よね」

ヒューバート兄さんやステラ姉さんがそう言うと、アルフォンス兄さんは頷く。

「うん。フィルもきっと気が合うと思うな」

兄さんや姉さんの話から推測するに、楽しくて素敵な人らしい。

それを聞いて、ちょっとホッとした。

「この前帰国された時は、いろいろな国のお話を聞いたわ。文化の違いとか、特産の違いとか。仲良くなった人の話とか。フィル、そういうの聞くの好きでしょ？」

レイラ姉さんはそう言って、俺に向かって微笑む。

「はい。とても興味あります」

俺も高等部を卒業したら、いろんな国を巡りたいんだよね。

夏休みのコルトフィア旅行、楽しかったもんなぁ。

まぁ、途中魔獣と戦ったりして大変だったけど、あんなの滅多《めった》に起こることじゃないと思うし。

馬車移動ではかなりの日数がかかるだろうが、ルリに乗っていけば結構あっという間だろう。

おじいさんの話は、その時の参考になりそう。

会うのが楽しみになってきた。

すると、ふと父さんが不安そうに俺を見つめていることに気がついた。

「フィルとクロフォード侯爵か……。心配だ」

心配？　なんで？

あ、帰国したばかりで疲れているだろうから、あまり質問ぜめにするなってことかな。

「大丈夫ですよ。心配しないでください」

俺が胸をポンと叩いて、コックリと頷く。

安心させるつもりで微笑んだが、父さんはますます不安そうな顔になる。

何を心配しているのかな。俺だってそのくらい気をつけられるのに。

「二人に増えるとなぁ」

二人？　増える？　なんのことだろう。

ブツブツ呟く父さんを見て、俺は小首を傾げた。

## 4

タルソ村の山神祭り当日。

俺はアリスとカイル、スケさんカクさんと一緒にタルソ村に向かった。

レイたちと一緒に行動するから、今日は平民服の上にフード付きマントを着ている。

朝の早い時間だからか、村に向かう人の数はまだまばらだった。

村人たちがあんなに頑張っているのだから、たくさんお客さんが来てくれたらいいな。

「うわぁ！　幟がいっぱいで、見学に来た時より賑《にぎ》やかですね」

アリスが幟を指し、俺に向かって微笑む。

村に近づくにつれ、幟が増えていく。緑と黄緑の幟だ。

緑の幟には『タルソ村　山神祭り』、黄緑の幟には屋台の宣伝などが書かれている。

幟に使われている文字の色はバラバラだが、幟の布地は緑系に統一されているので、賑やかだけどまとまった印象だ。

「おぉぉ、これは壮観ですね」

村へと続く幟の列を眺め、スケさんは息を吐く。

「こうして並んでいると祭りが始まるぞって感じがして、気分が高まりますよねぇ」

スケさん楽しそうだなぁ。子供みたいにワクワクしている。

「祭りだからって、あまり浮かれるなよ？」

カクさんが釘《くぎ》を刺すと、スケさんは呆れ口調で返す。

「何言ってんだ。祭りなんだから、浮かれて見えるほうが目立たないだろ。今日はお忍びなんだから。そうですよねぇ？　フィル様」

「うん。確かにそうかもね」

同意を求められて、俺はクスクスと笑いながら頷く。

【我がいるのだから、むしろ護衛などいらんのだがな】

マントの下のバッグの中から、コクヨウがぴょこっと顔を出す。

今日はコクヨウもお祭り見物に来た。

初めはお留守番予定だったんだけど、出かける準備をしていたら【護衛してやろう】とバッグに入り込んできたんだよね。

護衛なんて言って、絶対お祭り見物と海藻グルメ目当てに決まっている。

俺の召喚獣になる前は、あまり人と関わってこなかったみたいだからなぁ。

賑やかな場所に興味があるっぽいんだよね。

その気持ちはちょっとわかるから、俺もあまり強くは断れなかった。

「コクヨウ、お願いだから大人しくしていてね」

子狼姿だから大丈夫だとは思うが、グレスハートで伝承の獣ディアロスは有名だから念のためね。

マントの隙間《すきま》から声をかけると、コクヨウはチラッと俺を見上げる。

【だから、こうして袋に入っているではないか】

コクヨウが出ようと思えば、いつでも飛び出せちゃうから心配なんですけどね。

俺が小さくため息を吐くと、少し前を歩いていたカイルが俺を振り返る。

「フィル様、レイたちのほうが先に到着していたみたいですよ」

待ち合わせ場所は、村の門の脇に立っている大きな木の下。

門から近く、なおかつ何人かが集まっていても邪魔にならない場所だ。

「え、ずいぶん早いね」

俺たちだって待ち合わせの時間より早めに来たのに。

「ミゼットちゃんも一緒に来ているわね」

アリスの言う通り、談笑して待っているレイたちの輪の中にミゼットの姿もあった。

ミゼットは俺たちの後輩で、ステア王立学校中等部一年生。

両親を亡くして親戚に虐《しいた》げられていたところを、レイのお父さんに保護してもらったそうだ。

だから、レイのお父さんに大変な恩義を感じていると言っていた。

今はステア王立学校に通いつつ、長期休みの時はレイのお父さんのところでメイド見習いとして働いているらしい。

良かった。ミゼットもお祭りに来てくれたんだ。

せっかくグレスハートに来たんだから、観光もして楽しんでほしいもんね。

ミゼットは俺たちに気がつき、会釈をする。

「おはよう、皆。ごめん。待たせちゃった？」

目深《まぶか》にかぶったマントのフードを少し上げて俺が聞くと、トーマは首を振る。

「おはようフィル。大丈夫。ちょっと前に着いたところだよ。少し早めの馬車に乗って来たんだ」

今日はお祭りということもあって、街からタルソ村行きの馬車はいつもより短い三十分間隔で運行している。

「馬車が遅延して待ち合わせに遅れたらいけないって、ミゼットちゃんの提案で二本も前の馬車に乗って来たんだよ。ギリギリでもフィルは怒らないのにさぁ」

げんなりとするレイに、ミゼットは真面目な顔で言う。

「お待たせするようなことがあってはいけませんから」

「時間前行動はいいことよ。時間を厳守することは、信頼にもかかわってくる。レイも早めに行動することを心掛けなさい。いつもギリギリなんだから」

ライラにお小言を言われ、レイはつまらなそうに口を尖《とが》らせる。

「遅刻はしていないんだからいいじゃんか。まぁ、今日は早めに来たから、フィルたちが来る前に良い物を買えたけどさ」

俺たちに向かって、買い物袋を見せてにんまりと笑う。

アリスとカイルが尋ねる。

「待っている間に、何かお買い物したの？」

「レイのことだから、屋台料理か？」

「違う、違う。コレだよ」

レイが袋から取り出したのは、ノビトカゲのキャラクター帽子だった。

この前村人がかぶっていたものとは形が違い、飛行帽のように耳を覆《おお》うタイプの帽子だ。

ライラやトーマやミゼットも、持っていた袋から同じ帽子を取り出す。

「へぇ、皆でお揃いの帽子を買ったの？」

「うん！　フィルたちの分も買ってあるからね」

微笑むトーマの言葉に、俺は自分たちを指さして驚く。

「僕たちの分も？」

「むしろ、フィルが肝心なんだって。今みたいにマントを頭からかぶっていたら、お祭りの雰囲気と合わないだろ？」

「だから、こっちの帽子のほうが目立たないと思って」

レイとライラの説明に、俺たちはなるほどと頷く。

さっきスケさんが言っていた『お祭りの場では浮かれた人っぽいほうが目立たない』ってやつか。

確かに、マントよりもノビトカゲ帽子のほうが目立たないかもしれない。

お祭りに来た人たちの中には、すでにノビトカゲ帽子をかぶっている人がいるし。

あ……でも、マントを脱ぐとコクヨウが見えちゃうかな。

そう思って、チラッとマントの裾《すそ》をめくると、トーマが嬉しそうに笑う。

「あぁ！　やっぱりコクヨウも連れてきたんだ？　良かった、コクヨウの分も買っといて」

そう言って、袋からジャーンと取り出したのは、ノビトカゲキャラクターの小さなフード付きポンチョだった。

「うわぁ、もしかしてそれって召喚獣用？」

「そうそう。可愛いよね。僕もエリザベスとメアリーへのお土産に買ったんだ」

「これは私たちから、フィル君たちへのプレゼントよ」

ライラの言葉に、俺たちは驚きの声をあげる。

「プレゼントしてくれるの？」

アリスが尋ねると、ライラはにっこりと笑って頷く。

「ええ。三人とも忙しいのに、私たちのために時間を取ってくれたでしょう？」

「せっかくならバレずに祭りを楽しみたいからな」

レイはニッと笑い、トーマは笑顔でポンチョを俺に差し出す。

「コクヨウにもきっと似合うよ」

「ありがとう。嬉しいよ」

俺はお礼を言って、ポンチョと帽子を受け取る。

すると、マントの隙間からコクヨウの前足が出てきて、ポンチョを持つ俺の手をパシッと止めた。

【待て、フィル。……まさか、それを我に着せようと思っているわけではあるまいな？】

え、着せる気満々だけども。

「コクヨウ、着るの嫌なの？」

俺の呟きが聞こえたのか、トーマの顔から笑みが消え悲しそうな顔になる。

「コクヨウ、嫌がってる？」

【嫌に決まっておるだろうが！　我は着んぞ！　ノビトカゲのポンチョなぞ！】

コクヨウは「ガウガウ」言いながら、ペシペシと俺の手を叩く。

加減してくれているのでまったく痛くはないが、頑《がん》として譲らないという意思が感じられる。

「前は仮装してくれたのに。全身の着ぐるみより動きやすいよ？」

仮装パーティーの時に、何度か服を着てもらったことがある。

動きにくいからってしぶしぶだったけど、お菓子で釣って着てもらったのだ。

だって、可愛いんだよねぇ。子狼の仮装。

【あれはグラント大陸だから我慢したのだ。我はデュアラント大陸の伝承の獣ディアロスだぞ。ここでは威厳というものがあるのだ】

コクヨウはそう言うと、フンと鼻息を吐く。

そんな可愛い子狼姿で、威厳とか言われても……。

思わずそう言いたくなったが、ディアロスなりのポリシーがあるのかもしれない。

「やっぱり嫌がってんのか？」

ヒソヒソと尋ねるレイに、俺は「そう」と正直に頷く。

「じゃあ、仕方ないか。俺のフラムも、こだわりあって大変だもん」

レイの召喚獣のフラムは、お洒落が大好き。

特に自分を引き立たせるためのお洒落は、絶対に妥協《だきょう》しないらしい。

「そっかぁ。コクヨウが嫌なら、無理強いできないもんね」

そう言いつつ、トーマは残念そうだ。

「ごめんね。だけど、せっかくいただいたんだし、これは帰ってランドウにあげるよ」

「あぁ、ランドウが着ても可愛いかもね」

トーマはにこっと笑って頷く。

仕方ない。コクヨウはバッグから見えないよう、隠して歩こう。

「残念。これをかぶってくれたら、バッグから出して歩かせられるかなと思ったんだけどなぁ」

独り言を零《こぼ》しつつポンチョをバッグにしまおうとすると、再びパシッとコクヨウの前足が俺の手を止めた。

【……待て、出てもいいのか?】

その問いに、俺はミゼットに気づかれないようヒソヒソと返す。

「うん。勝手に動き回らないって約束するなら、出られるよ」

すると、コクヨウはしばし迷ったのち、低く唸る。

【ぐぅっ……ならば、着よう】

「え？　着てくれる？」

やった！　ノビトカゲちゃんバージョンのコクヨウが見られる！

俺は気が変わらぬうちにと、バッグをカイルに持ってもらいながらコクヨウにポンチョを着せる。

「わぁ！　想像以上に可愛いっ!!」

俺が思わず言うと、ライラやアリスも声をあげる。

「キャー！　やっぱり似合う！」

「可愛いわ!!」

【……嬉しくない】

コクヨウはちょっと不満げだけど。

でも、その不機嫌そうな目付きと、愛くるしいノビトカゲの顔がついた帽子のギャップがさらにいい。

「こ、子供って……」

「知らないって恐ろしいな」

後ろでカクさんとスケさんがコクヨウを見つめ、ゴクリと喉を鳴らしていた。

完璧な変装だと思うんだけどな。

これだけ可愛いポンチョを着ていたら、絶対にディアロスだとは思わないよ。

コクヨウはバッグから飛び出し、ポンチョをはためかせて地面に下りる。

【黒い料理とやらを食べに行くぞ】

早くしろとばかりに、ギロッと睨まれた。

苦笑して、俺もノビトカゲの帽子をかぶった。

「じゃあ、お祭りを見て回ろうか」


観光客たちの間をぬって、祭り会場を見回す。

前回見学に来た時よりも、装飾がずいぶん増えている。

こちらの装飾も幟と同様に、山神やノビトカゲのイメージカラーである緑系統の色で統一されている。

村長の暴走を止めといて良かった。飾りを見上げて、つくづくそう思う。

海藻を装飾として使われていたら、かなり異様な雰囲気になっていただろうな。

広場の中央には高い台座が設けられており、そこにノビトカゲの親分が鎮座《ちんざ》していた。

頭には花冠、首には水晶の飾りが幾重《いくえ》にもかけられている。

水晶がキラキラしてゴージャス。本当に神様みたいだ。

親分の前には祭壇が設置してあり、花やお酒、海藻などが捧げられている。

俺たちが来たことに親分も気がついたみたいだが、祭壇があって近づくことができなかった。

「残念。直接挨拶できそうにないね」

俺が親分に向かって手を振っていると、コクヨウが俺を睨んで言う。

【アイツにこの姿を見られてたまるか。ほら、行くぞ！】

そのまま、屋台のほうへと歩いていく。

まぁ、コクヨウにしてみたら、ノビトカゲポンチョ姿は見られたくないか。

コクヨウに先導されて、屋台の並んだ一角に到着する。

ノビトカゲグッズと、ノビトカゲの革製品のお店には行列ができていた。

「う～わ、さっき来た時より行列じゃん！」

屋台に並ぶ列の長さに、レイはあんぐりと口を開ける。

ミゼットは感嘆の息を吐く。

「すごいですね。店頭の商品も、さっきより減っています」

「本当ね。倉庫から運んで補充しているみたいだけど、全然追いついてないわ。人員をもう少し増やしたほうがいいんじゃないかしら」

ライラは我が子を見守る母のように、そわそわしている。

「ライラ、倉庫から在庫を持った村人たちが来ているみたいよ」

「あ、本当だわ。良かった」

アリスに教えられて、ライラはようやくホッとする。

一緒にお祭り対策を立てた仲間だから、やっぱりちょっと心配だよね。

その時、背伸びをして屋台を覗き込んでいたトーマが、急に大きな声をあげた。

「あぁ！　あの大きなノビトカゲがもうない！」

それを聞いて同様に覗き込んだレイは、頭を抱える。

「うわぁ！　本当だぁ！　フィルたちに見せたかったのに！」

「大きなノビトカゲ？　ぬいぐるみ？」

でも、店にある一番大きなぬいぐるみはまだあるみたいだが。

俺が首を傾げると、ライラが質問に答えてくれる。

「レイたちが言っているのは、ぬいぐるみじゃなくてノビトカゲの形をしたリュックのことよ。一点もので、この前フィル君たちと見学に来たあとに完成したものだそうよ」

「そのノビトカゲリュックは、僕たちの帽子みたいに可愛い感じじゃなくて、本物みたいに立派なんだ」

トーマは興奮した様子で言い、レイはガックリと肩を落とす。

「見せたかったなぁぁ。大人じゃないと、尻尾を引きずっちゃうくらい大きいリュックなんだよ。まるでノビトカゲをそのまま背負っているみたいでさ」

「へぇ、そんなに大きいんだ？」

本物みたいな大きいリュックか。それはちょっと見てみたかった。

ライラは腕組みをして、低く唸る。

「まさか、こんなにすぐ売れちゃうとは思わなかったわ。手が込んでいる分、結構値段が高かったもの。お祭りの効果かしら」

「わかる。お祭りの時は財布の紐《ひも》がゆるみがちだよな。俺もそう」

買い物袋を掲げてウィンクするレイに、アリスは口元に手を添えてくすくすと笑う。

「お店が盛況で良かったわよね」

「そうだな。ただ、ノビトカゲ製品の屋台はいいとして、食べ物系統の屋台は人が少ないみたいだな」

カイルは食べ物屋台のほうに、視線を向ける。

確かに、こちらの盛況ぶりに比べると、少し閑散《かんさん》として見える。

「こっちと比べると少なく見えるけど、売れてはいるみたいだね」

ドリンクにつけた試食の効果か、海藻煎餅は比較的買われている。

それに次《つ》いで、少しアレンジを加えた海藻焼きそばと海藻焼きにも何人か集まっていた。

「うん。海藻煎餅、海藻焼きそば、海藻焼きはいけそうだよね」

トーマはコクリと頷いたが、レイは神妙な顔で一番奥の屋台を見つめる。

「問題は海藻スープかぁ」

まだお昼には早いからっていうのもあるだろうが、他がちょこちょこ売れている中、海藻スープの屋台にだけ人がいない。

「幟やチラシの効果か、興味を持っている人はいるようですが……」

眉を寄せるカイルに、俺たちは低く唸る。

販売促進したおかげか、興味を持った人たちが海藻スープの屋台を遠巻きにではあるが見に来ている。そこから屋台に近づいてくる人もいるが、鍋を覗いて後ずさりしていた。

ここは俺たちが試しに食べて、呼び込みをするべきだろうか。

でも、そうなると目立っちゃうよね。

うーむ。今朝、父さんからも釘を刺されたばかりだもんなぁ。

そんなことを考えていると、遠巻きに見ている人をかき分けて何者かが屋台の前に立った。

独特な模様、青緑色の体、ダラリと垂れた尻尾……。

大きな……ノビトカゲ？

いや、違う。巨大なノビトカゲを、背中におんぶしている人だ！

呆気にとられる俺の隣で、トーマとレイがその人を指さす。

「あぁ！　ノビトカゲリュック！」

「あれだよ、あれ！　俺たちが言ってた、フィルに見せたかったリュックは！」

それを聞いて、俺とアリスとカイルは大きく目を見開く。

「え！　あれがそうなの？」

「本当にすごい。本物みたいに見えるわ！」

「大きさといい、長さといい、リュックとは思えない……」

確かに長い。頭から尻尾まで含めると、一メートル五十センチはあるよな？

背負っている男性が長身だからなんとかなっているけど、大人でも背の低い人なら階段を下りる時に尻尾がついちゃいそう。

「うわぁ……すごいな」

リュックのベルト部分と足の部分が重なって見えて、ノビトカゲが背中から抱きついているようだ。まぁ、リュックがリアルすぎて、見ようによってはノビトカゲに背後から襲われている人にも見えるけど。

するとじっと見ていたライラが、キラリと目を光らせる。

「……あの人、貴族ね」

俺たちに今見えているのは、その人の背中だけである。平民服を着ている男性なのはわかるけど、体のほとんどがノビトカゲに覆われてよく見えなかった。

「言われてみると、貴族の方みたいに立ち姿が綺麗だわ」

アリスの指摘に、俺はなるほどと頷く。

確かに、ノビトカゲを背負っているにもかかわらず、マナーのお手本のように美しい姿勢だった。

貴族の人は美しい立ち居振る舞いをする習慣が染みついているから、平民に扮していても意外にわかるんだよね。

ちなみに俺の立ち居振る舞いは完璧なんだけど、なぜか王族だと気づかれたことがない。

レイは「フィルは品があるけど、雰囲気が王族っぽくないんだよな。平民に交じっていても全然違和感がない」って言っていた。

どういうこと？　前世の庶民オーラが、染みついてんのかな？　滲み出ちゃってる？

まぁ、バレにくいのは、大変ありがたいけども。

「うーん。立ち姿かぁ。僕はよくわからないな。ライラも姿勢でそう思ったの？」

トーマが尋ねると、ライラはにっこりと笑う。

「私がそう思ったのは、姿勢に加えて、あの散財度合いね」

「散財度合い？」

「ほら！　巨大ノビトカゲリュック以外にも、いろいろ買っているじゃない？」

ライラが指摘している通り、男性はノビトカゲリュックの他にも、大きな買い物袋を手に提《さ》げていた。

袋の隙間から、ぬいぐるみや木彫りのノビトカゲちゃんが顔を覗かせている。

「本当だ。たくさん買ってるね」

袋の膨らみ具合から、かなりの量を購入しているのがわかる。

「あの人が買い占めたから、品薄になったんじゃないか？」

カイルの呟きに、ライラはコクリと頷く。

「そう！　あの人はきっと、屋台の商品を片《かた》っ端《ぱし》から買っていったのよ。つまり、値段も気にしないであれだけ大量に買い物ができるほどのお金持ちってこと！」

ライラの推理に、レイは疑わしそうな目で言う。

「え～、極度のノビトカゲ好きかもしれねぇじゃん」

うん。期間限定品もあるから、ノビトカゲマニアの可能性も捨てきれないよね。

まぁ、いいお客様であることは間違いないけど。

俺がそんなことを考えていると、ふとスケさんが目を凝《こ》らしているのに気づいた。

視線の先は、ノビトカゲリュックの人だ。

……ちょっと凝視しすぎじゃない？

来る前に話していた、祭りに浮かれている設定はどうした。

隣にいるカクさんも同じ顔をしている。

いったいどうしたんだろう。護衛としてチェックしているのとは、ちょっと違うような……。

俺が不思議に思って尋ねようとした時、隣にいたレイが「ハッ」と息を呑んだ。

「あの人、海藻スープ頼んだぞ！」

「えっ！」

レイの言葉を聞いて、再びノビトカゲリュックの人に視線を戻す。

ついに、購入者が!?

リュックの男性は購入した海藻スープを受け取ると、息を吹きかけて冷まし、カップに口をつける。

村人たちこだわりの海藻スープ。見た目はアレだが、味には自信がある。

その味を、あの人が気に入ってくれるかどうか……。

俺たちも、屋台の村人も、遠巻きに見ている人たちも、その人の反応を固唾《かたず》を呑んで見守る。

男性は一度動きを止めたあと、一気にカップをあおってスープを飲み干した。

大きく息を吐いて、満足げな声で言う。

「これは美味い！　いやぁ、こんなに美味いスープを飲んだのは初めてだ！　店主、もう一杯くれ」

男性の感想と追加注文に、俺たちは「やった！」と歓喜し、村人たちは胸に手を当てて安堵する。

一方で、周りにいた人たちは大きくどよめいた。

「本当に美味しいのか？」

「おかわりをするほど？」

「ど、どんな味なんだ？」

おかわりを受け取っている男性に向かって、四方から質問が飛ぶ。

「ん？　感想が聞きたいのか？」

男性はいたずらっぽい笑みとともに、こちらを振り返った。

背負っているリュックの尻尾が、彼の動きに合わせてブンと振られる。

ようやく顔が見えたその人は、五十代くらいの男性だった。白髪《しらが》交《ま》じりで、短い顎髭《あごひげ》がある。

彫《ほ》りの深いその顔立ちは、ハリウッドスターのように格好良かった。

渋いけれど、いたずらっぽい笑顔が少年のような無邪気さを感じさせる。

彼は皆の前で海藻スープの二杯目を飲み干し、答えを待つ皆を見回した。

「色が黒いからどんなすごい味なのかと思っていたが、海藻の旨味がきいているスープだ。ドロリとはしているが、喉越しもいい。私はいろいろな国を巡っているが、こんなに美味しい海藻スープは飲んだことがないなぁ。まさに絶品！　究極の海藻スープと言えよう！」

ハリがあってよく通る声は、広場一帯に響き渡った。

周囲の人々はそれを聞いて、ゴクリと喉を鳴らす。

「究極のスープ。そんなに美味しいのか……」

「仰天するほど美味しいって幟に書いてあるもんな」

「栄養たっぷりだってチラシにあったし」

「ノビトカゲ様みたいにツヤツヤになれる？」

ざわざわとする人たちに、男性はさらに言った。

「黒いからビックリするかもしれないが、だからこそ飲んだら土産話《みやげばなし》になると思うぞ。ここにしかないスープらしいからな」

「た、確かにそうかもしれない」

「あんな色のスープ、見たことないしな」

海藻スープに興味があって遠巻きに見ていた人も、たまたま通りがかった人も、彼の話に引き寄せられるように周りを取り囲んでいく。

もしかして、舞台役者の人なのかな？

言葉一つひとつに説得力があるし、彼のバリトンヴォイスは耳心地がいい。

いろんな国を巡っているって言っていたし、何よりあの見た目だ。

人気役者だと言われても、納得してしまう。

「じゃあ、買ってみようかな」

「俺も話のタネに飲んでみよう」

彼の言葉に心を動かされた人たちが、そう口にしながら海藻スープの屋台にどんどんと並んでいく。

さっきまで閑散としていたのが、嘘のようだ。

「最後尾の人間は、この海藻スープのチラシを見えるように持ったらどうだ？　それから、列は往来の邪魔にならないように作るといい」

すごい。リュックの人、混乱が起きないように、列の整理まで行っている。

整理が終わる頃には、海藻スープの屋台に長蛇《ちょうだ》の列ができていた。

「とっても美味しいよ！」

「こんなに美味しいスープ、初めてだ。教えてくれてありがとう」

「飲まないで帰ったら後悔するところだった。ありがとう」

飲んだ人たちが、リュックの人に向かって口々にお礼を言う。

「俺はただ感想を言っただけだぞ？　お礼ならタルソ村の人に伝えてくれ」

「もちろん伝えるよ。それにしても貴方が教えてくれなかったら飲むのを諦めていたから、運が良かったよ」

「本当に感謝するよ。ありがとう」

皆の感謝の言葉に、男性は少し照れた様子で破顔する。

「そうか？　きっかけを作れたなら良かった」

その笑顔を見て、ライラが口に手を当てて叫ぶ。

「ふぁぁ、カッコイイィ」

ライラ以外にも、極上スマイルを食らった人たちが男女問わず頬を染めていた。

驚くべきは、その中にレイがいたことだ。

「はわぁぁ、大人の男の魅力ぅ」

感嘆の息を吐いて、リュックの人を見つめていた。

あの女の子大好きなレイまでも、虜《とりこ》にするとは……。

まぁ、俺から見てもカッコイイもんな。気持ちはわかる。

「あの人、何者なんだろう」

「只者ではないですよね」

俺とカイルが話していると、ふとリュックの人と目が合った。

彼は一瞬驚いた顔をして、それから笑顔でこちらに向かって歩いてくる。

え？　誰？　俺？　それとも他の誰かが目的でこっちに来てるの？

ワタワタとあたりを見回していると、愕然《がくぜん》とした表情のスケさんに気がついた。

「き、気のせいじゃなかった……」

「なんであの方がここに……」

カクさんも信じられないといった様子で呟く。

あの方？　って、リュックの人のこと？

「スケさんたち、あの人と知り合いなの？」

だから、あの人がこっちに来るのかな？

「あ、その……知っている方なんですが、我々の知り合いと申しますか……」

スケさんが言い淀《よど》んでいるうちに、リュックの人が俺の前に立った。

「ん？」

なぜ……俺の前に？

不思議に思っていると、その人は買い物袋を地面に置き、俺をひょいっと抱き上げる。

「……へ？」

な、な、なんで俺が抱っこされてるのぉぉ！

えぇぇ!?　これは、いったいどんな状況なわけ!?

てっきりこの人とスケさんカクさんが知り合いで、再会の場面が目の前で繰り広げられると思っていたのに。

どうして？　どういうこと？

知らない人に抱き上げられ、大いに戸惑う。

周りにいたレイたちも、突然のことに状況がわからず、ポカンとしていた。

そんな俺たちの困惑など気にした様子もなく、彼はニコニコと嬉しそうに笑う。

「会わない間に、大きくなったなぁ」

……え？　会わない間に？

ということは、少なくとも会ったことがあるってこと？

「フィル様のお知り合いの方ですか？」

カイルは失礼のないようにしつつも、警戒しながら男性に尋ねる。

すると、スケさんがカイルの肩に手を置き、声を潜《ひそ》めて言った。

「カイル、警戒を解け。その方はクロフォード侯爵様。フィリス王妃様の御父上であらせられる」

クロフォード侯爵……。母さんのお父さん……。

え……、それって……、つまり……。

「僕のおじい様⁉」

「ああ、そうだ。久しぶりだな、フィル」

おじいさんは優しく目を細めて笑う。

「お……久しぶりです」

驚きすぎて、もうそれしか言葉が出てこない。

はっ！　そんな場合じゃないよ。

いつまでも抱えられた体勢なのは、さすがに恥ずかしい。

「おじい様。そろそろ下ろしてくれませんか？」

「ん？　フィルは軽いから平気だぞ？　それに、いつでも孫を抱えられるよう鍛えているから、心配無用だ」

パワフルなんだな、俺のおじいさん。細身なのに腕はがっしりしているもんな。

ただ、俺が言いたいのはそういうことじゃない。

「友だちが一緒なので、このままなのはちょっと……」

俺がレイたちをチラッと見ながら言うと、おじいさんは大きく笑った。

「そうか。友だちと一緒ならば、恥ずかしくて当然だな。それは配慮が足りずにすまなかった」

下ろしてもらった俺は、ホッと息を吐く。

話のわかる人で良かった。

恥ずかしいのは当然だけど、リュックのノビトカゲが至近距離でじっと見てくるから落ち着かなかったんだよね。

レイとトーマ、ライラは、俺を取り囲んで小声で尋ねる。

「なぁ、フィル。やり取りで、おじい様とか孫って言っていたけど……」

「この人は、フィルのおじい様なの？」

「でも、フィル君もカイル君も知らない感じだったわよね？」

俺は少し落ち着いてと手でジェスチャーして、皆の質問に答える。

「母方の祖父だよ。おじい様はいろいろな国を旅していらっしゃるんだ。僕も留学しているから、全然お会いできていなくて……」

「俺が従者になったのは、旅立たれたあとだったから」

俺とカイルが事情を説明していると、おじいさんは俺の頭を帽子ごと撫でる。

「フィルと前に会った時は、確か二歳だったか。さすがに、覚えていないかもしれんな。こんなに小さかったから」

笑いながら親指と人差し指で、サイズを示す。

それじゃあ、豆サイズである。小人よりひどい。

「フィル様、ここでは人の目がありますから、場所を変えませんか？」

カクさんの言葉で、ようやく周りの注目を浴びていることに気がついた。

俺が王子だと気づかれたわけではない。視線を集めているのは、おじいさんのほうだ。

リアルノビトカゲリュックを背負っている上に、『黒いスープを飲んだ勇気ある人』だもんな。

「移動には賛成だけど、どこに行こう？」

今日はお祭りだから、どこ行っても人がいると思うんだけど。

俺の質問に、スケさんは胸を張る。

「ご安心を。フィル様が事件に巻き込まれることを想定し、村長から避難小屋を借りております」

……避難小屋？　そ、そんなの用意してくれてたんだ？

俺が巻き込まれやすいから、何かあった時に避難できるように？

でも、巻き込まれ体質だって指摘されているようなものだから、ちょっと微妙な気持ちである。

「一旦その小屋で休憩し、少し落ち着いた頃、お祭り見学を再開されてはいかがでしょうか？」

カクさんの提案に、おじいさんは同意する。

「では、しばし休憩をとろう。お友だちへの自己紹介は、そこで改めてさせてもらおうか」

そう言っておじいさんが笑いかけると、ライラたちは頬を染めて頷く。

近距離からのスマイル光線は、かなり強力らしい。

「じゃあ、皆移動しようか……って、あれ？　コクヨウがいない！」

ちょっと目を離した隙にどこ行ったんだ？

俺がキョロキョロと見回すと、小さなノビトカゲが屋台に向かって歩いているのが目に入った。

「コクヨウ、何を別行動しようとしているの！」

勝手な行動しないって言ったのに。約束が違う。

慌てて声をかけると、コクヨウはくるりと振り返る。

【別行動ではない。ちょっと味見をしてから追いかけようとしただけだ】

それは別行動以外の何ものでもありませんが？

「盗み食いはダメだよ。混み始めちゃったし、休憩したあとにちゃんと買ってあげるってば」

そう言って、コクヨウを捕獲する。

「ほぅ、これが噂のコクヨウ殿か。聞いていたより可愛いな」

おじいさんは興味津々といった様子で、俺の腕の中のコクヨウを覗き込む。

俺の召喚獣であるコクヨウがディアロスであることは、おじいさんにも伝えてあるって母さんが言っていた。

伝承の獣がノビトカゲちゃんポンチョをかぶった子狼とは思わないよね。

【このような格好をしているが、我を侮《あなど》るなよ】

コクヨウが不機嫌さをそのままに、ガンを飛ばす。それを見たおじいさんは、「ふむ」と唸る。

「どうやら気を悪くされたようだ。お詫《わ》びと言ってはなんですが、先ほど屋台で買った食べ物を献上しましょう。それで、許していただけませんか？」

敬意のこもったその提案に、コクヨウの目元がピクリと動いた。

【ほう、献上品とな？】

「海藻焼きとかも買ったんですか？」

俺の質問に、おじいさんは頷く。

「ああ、珍しさと味が気に入ってな。一人前だけにしようと思ったんだが、買ったら屋台の店主が嬉しそうにするんで、つい多く買いすぎてしまったんだ。コクヨウ殿やフィルたちに食べてもらえるとありがたい」

おじいさんはコクヨウの顔を窺いつつ、にっこりと笑う。

コクヨウはおじいさんを見つめ、しばし考えるそぶりをした。

【料理は出来立てが美味い。冷めた料理に興味はないが、食い物を無駄にする行為は好まぬ。それが献上品であるならなおさらな。……仕方ない、今回は献上品を受け取ってやろう】

コクヨウは顎を上げて、フンと鼻息を吐く。

ノビトカゲちゃんの格好で偉ぶっても、可愛いだけなんだけど。

ともあれ、このまま小屋に一緒に行くことを了承してくれたようだ。

「コクヨウも食べたいみたいです」

俺が伝えると、おじいさんは俺の頭をポンポンと叩いた。

「それは助かった。では、行こうか。フィル」

そうしてようやく、俺たちは小屋へと向かうことができたのだった。


案内をしてくれるカクさんたちについていきながら、俺は隣を歩くおじいさんを見上げる。

俺のおじいさんかぁ……。

アルフォンス兄さんたちが言っていた通り、とてもいい人そうなのは安心したな。

ただ、記憶にないからか、まだちょっと実感がない。

目元はステラ姉さんと似ている気がする。

注目を受けるところや人を魅了する笑顔は、アルフォンス兄さんと一緒だな。

気さくな言動は、ヒューバート兄さんとそっくりだ。

珍しいものに興味津々なのは、レイラ姉さんかな。

ふむ。兄弟たちとの類似点が見えてくると、だんだん親近感が湧いてきた。

「ん？　どうしたんだ？」

じっと見すぎていたからか、おじいさんがこちらの視線に気がついたようだ。

家族に似ているところを探していましたとは言えず、俺は慌てて話題を探す。

「あ、えっと、帰国されたとは聞いていたのですが、まさか山神祭りにいらしているとは思わなかったので驚きました」

俺の言葉に、スケさんは頷く。

「本当ですよ。初め、見間違いかと思いました」

「昨日港に到着した時、ここの村長と出くわしたんだ。荷馬車にたくさんの海藻を積んでいるから、何事かと声をかけたら、山神祭りに使うと聞いてな。祭り限定商品があるなんて話まで聞いたら、見に来たくなるだろう？」

おじいさんは片方の頬を上げて、ニヤリと笑う。

かなり好奇心旺盛《こうきしんおうせい》な人なんだな。それに加えて、フットワークも軽い。

これは確かに、母さんやアントン叔父さんも心配するはずだ。

「……似てる」

後ろにいたカイルが、低い声でボソッと呟く。

似てる？　俺がさっき家族との類似点を見つけたように、カイルも誰かと似てる部分を見つけたのかな？

俺も話すほどに、兄弟たちと似てるところを発見しているもん。

そう一人頷いていると、おじいさんがちょんと俺の肩をつついた。

なんだろうと見上げると、身を屈めて俺の耳元に囁いてくる。

「小屋に行ったら、フィルの友人たちに自己紹介をしようと思っているのだが……。フィルは友人たちに、素性を明かしているのか？　フィリスから留学先では身分を隠していると聞いているのだが、そのわりにはスケルスたちがあまり隠そうとしていないなと思ってな」

もし俺が隠していたら、それに合わせようと思っているのかな。

俺が困らないように気遣ってくれているんだろうな。

「隠していたんですけど、つい先日バレました。だから、本当の身分を明かしてくださって大丈夫です」

俺が微笑むと、おじいさんは「そうか」と呟き、優しく笑う。

「こうして一緒に遊んでいるところをみると、素性を明かしたあともいい関係が築けているようだな」

おじいさんは良かったなというように、俺の頭を撫でる。

注がれるあたたかい眼差しは、母さんとそっくりだった。

ちょうどその時、前を歩いていたスケさんが、前方を指さす。

「皆さん、あの小屋です」

そこにあったのは、赤いとんがり屋根で、石造りの小さな小屋。

「可愛い。屋根の色とか形が、物語に出てきそうだわ」

小屋を見上げて、アリスが呟く。

確かに、童話とかに出てくる小さなおうちっぽいなぁ。

この場所は、ノビトカゲの親分のいる祭壇の裏手か。

広場に近いから、祭りの様子もわかりそうだし、頃合いを見てすぐに戻ることもできそうだ。

「広場の近くにこんな小屋があったんだね。前からあったかな？」

木々の間に隠れるようにして立っているから、前の山神祭りの時は気がつかなかったんだろうか。

小首を傾げて疑問を口にすると、スケさんが首を振る。

「いいえ、できたのは半年前です。ノビトカゲ製品の販売売り上げが好調で、そのお金で村の集会所を建てたんですよ」

あ～、なるほどね。ノビトカゲ製品の収益で建てたのか。

以前この村にはこれといった名物がなくて困っていたけど、集会所ができるほど村が潤っているというのはとても嬉しい。

「どうぞ中に入ってください」

カクさんが小屋の鍵を開けて、扉を大きく開ける。

集会所というだけあって、中には八人掛けの大きなテーブルと椅子だけしかなかった。

こぢんまりしているけど、なんか落ち着く空間だ。

おじいさんは部屋の中央まで来ると、振り返ってレイたちに微笑む。

「では、軽く自己紹介といこうか。私はテオドール・クロフォード侯爵。フィルの母方の祖父だ。爵位はあるが、格式ばった挨拶は苦手でな。できれば、堅苦しいのは勘弁してくれ」

そう言って、茶目っ気たっぷりにウィンクする。

ライラたちは一瞬ポカンとして、それから小さく噴き出す。

トーマやミゼットはどう挨拶したらいいかわからず緊張しているみたいだったから、気さくな挨拶に安心したようだ。

そして皆が、簡単に自己紹介をしていく。

それが終わる頃には、スケさんたちの手によってテーブルに屋台料理が並べられていた。

海藻焼きと海藻焼きそばの入った箱が、それぞれ五箱。海藻煎餅の袋も五袋ある。

コクヨウの前にもすでに一人前ずつ献上されているが、それでもまだ袋の中に入っていそう。

いったい何個買ったんだ。

買ったら村人が嬉しそうにしてくれたとはいえ、ちょっと買いすぎでは……。

「ずいぶんと買われたんですね。僕たちに会わなかったら、この量どうするつもりだったんですか？」

俺が尋ねると、おじいさんはニッと笑う。

「その時は、ヒューバートへの土産になっただろうな」

ヒューバート兄さん食べ盛りだもんなぁ。見ているだけで、お腹がいっぱいになるくらい。

その時、俺の耳にハグハグという咀嚼音《そしゃくおん》が聞こえてきた。

見れば、すでにコクヨウが料理をがっついて食べている。

【フィル、黒いが意外にイケるぞ】

尻尾を揺らしながら、ペロリと舌なめずりをする。

コクヨウは俺の召喚獣になってからかなりグルメになったらしく、味に対する評価が厳しい。

プリンの味が微妙に変わった時も、一番に気がついちゃうくらいだ。

そんなコクヨウの『イケる』は、かなりの高評価といえる。

気に入ってくれたのは、海藻料理の開発協力者としては嬉しいけどさぁ。

「皆が席にも着いてないのに……」

脱力する俺に、コクヨウはモグモグしながら鼻息を吐く。

【献上品なのだから食べても良かろう】

まぁ、朝から海藻料理に興味津々だったもんな。コクヨウにしては我慢できていたほうか。

「すみません。コクヨウが……」

代わりに謝ると、おじいさんは快活に笑った。

「いやいや、ご挨拶の献上品に満足してくれたなら何よりだ。ただ……うちのリムはチェックできなくてショック受けているみたいだな」

うちのリム？　チェック？

【ああ、そこの陰でこっち見ている奴か？】

コクヨウがクイッと顎で示す。

ん？　なんにもいないけど……。

そう思ったところで、テーブルの脚の陰から、小さな水色の何かがひょこっと顔を出した。

コクヨウを見つめて、口元をはわはわさせている。

あ、いた！　いたけど、どうした。なぜあんなショックを受けたような顔を……。

「あぁ！　ワーリムだ！」

後ろにいたトーマが、前に出てきて叫んだ。

「あ、でもワーリムって普通は茶色の毛だよね。毛色が違うなら、別の種族かな……」

腕組みして真剣な顔で考え込むトーマに、おじいさんは微笑む。

「いや、種としてはワーリムで合っているよ。この子は生まれた時からこの毛色なんだ。水色の毛で目立つから、狩りが難しいだろうということで保護されていたのを召喚獣にしたんだよ。名前はリム。私の召喚獣だ」

ワーリムは本来土色のリスみたいな姿をしているんだけど、突然変異で毛色が違うのか。リムって召喚獣の名前だったんだな。

ワーリムのリム……。結構そのままのネーミング。

「ああ、水色だと生息地の砂に隠れても、目立つかもしれませんね。保護されて良かったです」

トーマはほっこり笑顔で、おじいさんにそう話す。

先ほどまで緊張していたみたいだけど、話題が動物関連となれば舌も軽やかだ。

「ワーリムって、確かルワインド大陸の動物だっけ。水属性で、砂漠に棲んでいて、水の妖精とも呼ばれている子だったよね」

以前読んだことがある『ルワインド動物図鑑』。そこにあった記述を思い出しながら言う。

「小さくて可愛いから、妖精って名前がピッタリね」

アリスは未だ隠れているリムを見つめて微笑んだ。

「ワーリムは鼻が良くて、水のある場所を教えてくれるんだよな。水場に案内する動きが妖精っぽいから、そこからその別名がついたらしいぜ」

レイの説明に、カイルはさらに補足する。

「能力は水を噴射すること。それで敵が驚いているうちに逃げるんですよ。まぁ、少量なんで、体の大きな動物や人間にはあまり効きませんけどね」

能力の強さは、基本的に体の大きさに比例する。そのためこれくらいの大きさの子はだいたい非力であることが多い。

一瞬の隙を突いて、逃げるための能力なんだろうな。

「戦力にはなりませんが、ルワインドの商人たちの中で召喚獣として契約している人は多いですよ」

ミゼットの言葉に、俺はどうしてかと問いかけて、先ほどのレイの説明を思い出す。

「あ、ルワインドは砂漠だから？」

そう聞いた俺に、ライラが正解だという笑顔を見せる。

「そう。今は地図や道しるべなんかも多く設置されているけど、砂漠は悪天候で道を見失う場合もあるわ。遭難した時、水場に案内してくれるワーリムがいてくれると助かるの。だから、昔に倣《なら》って召喚獣にしている人がいるのよ」

俺たちの会話を聞いていたおじいさんは、感心したように息を吐く。

「さすがステアに通う優秀な学生さんたちだ。私の説明など不要なようだな。……リム」

呼び寄せられたリムは、おじいさんの元へ駆け寄り、体を伝って肩に乗る。

丸い体型だから動きが遅いかと思ったが、思っていたよりすばしっこい。

【こんにちはであります！】

リムは両前足を上げて、俺たちに向かって挨拶をする。

「うわぁ！　両前足上げてる。可愛い！」

「挨拶してくれたのね。こんにちは」

可愛らしいリムに、ライラとアリスが声をあげる。

褒められて、リムはちょっと照れくさそうに頭を掻いた。

「そういえば、さっきチェックって言っていましたが……」

尋ねる俺に、おじいさんは肩に乗っていたリムをテーブルの上に下ろす。

【行ってまいります！】

元気良く言うと並べられた屋台料理へと走っていく。

それから料理の前に立って匂いを嗅ぎ、ビシッと指をさした。

【よぉーし！】

よ……よし？

俺が驚いている間に、リムは次の料理へ移動して匂いを嗅ぎ、再び【よぉーし！】と指さし確認をする。

「えーと、あ……あれはいったい何を？」

困惑しつつ尋ねると、おじいさんはくすっと笑う。

「リムは毒物などの害のあるものを鼻で検知して、教えてくれるんだ」

「え！　毒物を嗅ぎ分けられるんですか？　すごい！」

俺は驚き、トーマは大きく目を見開く。

「動物は嗅覚がいいので、害のあるものが含まれていると、それを感知して避けると聞いたことがあります。でも、人にも教えてくれるなんて……。この子だけの特別な能力でしょうか？　それとも学習させたんですか？」

「学習はさせていないよ。初めからできたから、特別といえば特別かもな。食事や飲み物に毒がないかを確認してくれるから、本当に助かっている。さっきは、確認する前にコクヨウ殿が食べてしまったので、それでショックを受けていたんだ」

リムは全ての確認を終えたのか、おじいさんのところへと戻ってくる。

【異常なしであります！】

おじいさんは背を撫でて労をねぎらい、手で優しく包んで再びリムを肩に乗せた。

「なるほど。侯爵様が躊躇なく屋台料理を食べていらっしゃったのは、リムのおかげだったんですね」

合点がいった様子のカイルに、おじいさんは大きく頷く。

「ああ、そうだ。リムのおかげで安心して、美味しいものをすぐ食べられる」

そう言って笑うおじいさんに、スケさんは苦笑する。

「本当に良かったですよね。侯爵様は地方の郷土料理とか屋台料理が大好きでいらっしゃいますから」

「そうかぁ。嗅ぎ分けられるなんてすごいね、リム。コクヨウがチェック前に、勝手に食べてごめんね」

俺が謝ると、リムは小さな頭を横に振る。

【いいえ。考えてみれば、コクヨウ様はかの有名な伝承の獣ディアロス様。僕が料理を確認するのもおこがましかったであります】

しょんぼりとして言うリムに、コクヨウは寝転びながらフンと鼻を鳴らす。

【まったくだな。お前が確認せずとも、我とて嗅覚で毒があるかぐらいは見分けられるわ】

謙虚なリムに対して、この不遜《ふそん》な態度。

ノビトカゲポンチョを着たままで可愛いくせに……。

俺たちが話している間に自分の分を食べてしまったのか、ノビトカゲポンチョの隙間から見えるお腹はポンポンだ。

毒を嗅ぎ分けられるのは、すごいことだけどさ。

もう少しリムの謙虚さを見習って……って、ちょっと待って。

俺はしゃがみ込んで、コクヨウに顔を近付け耳元で囁く。

「ねぇ、コクヨウ。嗅いでわかるの？　時々、毒見だって言って、ランドウと一緒につまみ食いしているよね？」

それなら、毒が入っているかどうか、食べて確認しなくてもわかるのでは⁉

【嗅げばわかる。だが、フィルはひ弱だから、念には念を入れておるのだ。我には毒耐性もあるしな】

ひ弱、ひ弱って……。伝承の獣に比べたらひ弱でも、人間の子供なら普通なんですけど。

悔しがっていると、おじいさんが俺を呼んだ。

「さて、フィル。料理が完全に冷めてしまう前に、食事にするか」

「あ、それならせっかくですし、鉱石で少し温めて食べましょう」

本当なら、フライパンや鉄板で焼き直したほうがもっと美味しいのかもしれないけど、こっちのほうが手軽だもんね。

俺は立ち上がってテーブルの前に立ち、火の鉱石の入ったブレスレットを掲げる。

それから、料理を温めるイメージを頭に思い浮かべながら、鉱石を発動させた。

「かねつ」

鉱石は文字数の少なさとイメージの強さによって、発動威力が変わる便利アイテムだ。漢字を思い浮かべながら使うと文字数が少なくなり、漢字自体に意味があるためイメージも強くなるから威力が増すんだけど、今回は料理がまだ温かいからひらがなだけで行った。

発動し終えると、料理からうっすらと湯気が立ち上る。

「ほかほかになった！　美味そう！」

レイが歓喜の声をあげ、おじいさんは感心する。

「おぉ、フィルは鉱石を扱うのが上手いんだな」

「よく鉱石を使っているので」

イメージが不安定だと、鉱石が上手く発動できないことがある。

その点俺は、前世で映画やアニメなどを見ていたから、成功イメージが明確だ。

「席に着いて、皆でいただこう」

おじいさんに促されて、俺たちは温かい料理の並ぶ席に着く。

フォークで刺していざ食べようと思ったら、コクヨウが俺の膝《ひざ》に乗ってきた。

俺の体とテーブルの隙間から、顔を出して睨む。

【なぜ、我の分は温めてくれなかったのだ】

なぜって、先に食べちゃったからでしょうが。

そう言いたかったが、自由なコクヨウにそれを説いても無駄かと諦める。

「じゃあ、一口だけね。足りなかったら屋台で買ってあげるから」

大きく開けたコクヨウの口に海鮮焼きを入れ、自分も海鮮焼きを頬張った。

この前来た時、何度も試食したから味はわかっているけど、やっぱり美味しい。

ミゼットは黒い料理に少し躊躇していたものの、食べ始めるとその美味しさに驚いていた。

おじいさんもご満悦で、にこにことしながら海藻焼きそばを食べている。

「うむ、実に美味い。珍しい料理があって、変わった商品も売っていて、山神祭りがこんなに面白い祭りになっていたとはなぁ」

「侯爵様は本当に、新しいものや珍しいものがお好きですよね」

「ずいぶんと買い物を楽しまれたようで……」

カクさんが苦笑し、スケさんが部屋の一角に目を向ける。

そこにはおじいさんのリュックと、ノビトカゲグッズがたくさん入った買い物袋が置かれていた。

「あのリュック、いいだろう。ああ見えて、しっかり荷物が入るんだぞ。頭と胴体と尻尾で三箇所入れるところがあって。口からも物が入るようになってるんだ」

おじいさんは自分の口を指し示しながら、楽しそうに説明する。

く、口から……。がま口的な感じ？

「それ以外にも自分のものと家族のお土産を買ったんだ。フィルの分も入っているからな」

「僕のもですか？」

「レイラはぬいぐるみにしたが、フィルとヒューバートは木彫りだぞ。他にもいろいろある」

あぁ、先日見たリアルノビトカゲの木彫りか。あれは確かに格好良かった。

「ありがとうございます」

「友人の皆も、あの中から気に入ったものがあれば言ってくれ。出会った記念にプレゼントしよう」

おじいさんの言葉に、レイとライラが嬉しそうな顔をする。

「え！　本当ですか？」

「嬉しいです。ありがとうございます」

「ありがとうございます。あ、でも、侯爵様やご家族へのお土産をいただいてもいいんでしょうか」

アリスが不安そうに尋ねると、おじいさんはニコリと笑う。

「かまわんよ。これは一部でな。残りはあとで屋敷に届くようになっている」

「あれ以外にも買ったんですか？」

「ノビトカゲのタペストリーと絨毯《じゅうたん》をな」

おじいさん、どれだけ買ったんだ……。

「絨毯もタペストリーも一点ものだったやつだぞ。それも買ったんだな」

「やはり、屋台の大半を買い占めたのは、侯爵様で間違いなさそうですね」

両隣に座っていたレイとカイルが、俺に顔を寄せてそう囁いた。

「侯爵様。平民としてお忍びの時は、購入の仕方に気をつけたほうがよろしいかと」

「ライラ嬢に貴族だと見破られていましたよ」

カクさんとスケさんが困り顔で言うと、おじいさんは大きく目を見開く。

「そうなのか？　驚いたな、どうしてわかったんだい？」

おじいさんに視線を向けられたライラは、少し恐縮しつつ答える。

「あ、その……買い物の仕方が豪快でお金持ちだなと思ったんです。あと、アリスは立ち姿が貴族のように綺麗だって言っていました」

おじいさんは顎をさすって、低く唸る。

「買い方に立ち姿か、なるほど気をつけなければなぁ」

「ほどほどになさってくださいね。侯爵様は人の注目を浴びやすいんですから」

困りきったカクさんの言葉を聞いて、レイがおじいさんの顔を窺いつつ尋ねる。

「あの……ということは、さっきみたいなことよくあるんですか？　注目を集める事態というか……」

「さっきみたいなこと？　注目？」

おじいさんは目を瞬かせて、聞き返す。

注目を浴びている自覚がない……だと!?

キョトン顔のおじいさんに、俺たちはゴクリと喉を鳴らす。

そんな俺たちに、カクさんがコクリと頷く。

「よくありますよ。侯爵様は人徳があるのか、誰とでもすぐに仲良くなってしまうんです」

「もめ事があったら、仲介役を買って出て解決してしまうほどで……。場は丸く収まりますが、注目の的《まと》になっちゃうんですよね」

スケさんは少し脱力した様子で、深いため息を吐く。

今日の様子を目の当《ま》たり《あ》にしたから、なんとなくその時の状態が目に浮かぶ。

父さんがよく俺に『規格外なことをするな』って言うけど、おじいさんのほうが規格外な気がするな。円満に解決できるのはすごいけど、俺はなるべく目立たないようにしてるもんね。

俺が頷いていると、隣のレイとトーマがしみじみと呟いた。

「……似てるなぁ」

「……似てるねぇ」

似てるって多分、おじいさんに対して言っているんだよね？　誰に似てるんだろ。

まぁ、それはあとで聞くとして、別の気になっていることをスケさんたちに質問する。

「スケさんたちは、おじい様の護衛についたことがあるの？　やけに詳しそうだけど……」

口調も砕けているし、親しげな雰囲気を感じたのだ。

「フィル様の留学中、帰国された侯爵様に同行することがあるのです。ただ、侯爵様には侯爵家の特別な護衛兵がついていらっしゃいますから、護衛としてというより主に道案内としての同行ですね」

「侯爵様は街や村を見て回るのがお好きなので、お忍びででかける時にお供するんですよ」

説明をするカクさんとスケさんに、おじいさんはニコニコしながら言う。

「キナスやスケルスは街や村の情報に詳しいからな。付き合ってもらって大変助かっているよ」

「ちなみに、お忍びの時はご隠居様って呼んでいます」

「ご、ご隠居様……？」

ご隠居様と、スケさんカクさんがお忍びで街中を歩き、もめ事があったら解決しているの？

俺の知らない間に、奇跡的な組み合わせができていた。

そこで、俺はハッとあることに気がつく。

「ということは、今日もおじい様の護衛の方がいらっしゃるということですか？」

てっきり一人かと思ったけど、そうだよね。さすがに侯爵が一人で行動しないよね。

だけど、近くにそんな人いたかかな？

「ああ、いるよ。ゾロゾロ連れていると目立つからな。一定の距離をとってもらっているんだ。私に危険が迫らぬ限りは姿を現さない。この小屋の中にはスケルスたちがいるから入ってこないが、周りを囲んで待機してはいるだろうな」

「全然気がつきませんでした」

おじいさんの護衛、忍者みたい。

【鈍《にぶ》いな。あの広場からずっとついてきていたぞ】

コクヨウは海藻煎餅をパリポリ食べながら言う。

その時、小屋の外で鐘が鳴った。正午を知らせる鐘だ。

人の楽しげな声が先ほどより大きくなっている。そろそろ山神祭りの踊りが始まる頃かな。

「そろそろ会場に戻るか」

立ち上がるおじいさんに続き、俺たちも席を立った。


祭りの会場に戻ると、広場中央には人々が集まっていた。どの顔もにこにこと楽しそうだ。

「さっきより賑わってんなぁ」

ワクワク顔のレイに、カイルがあたりを見回して言う。

「山神祭りというよりノビトカゲ祭りって気がするな」

確かに、近くにいる人は皆ノビトカゲの帽子とか、グッズを身につけているもんね。

そんな時、人々がある方向を見て、大きくざわめいた。

皆の視線の先では、大きなノビトカゲが二足歩行で、祭壇の裏から出てきていた。

「な、なんだあれ」

ついに、ノビトカゲの親分が二足歩行で歩き出した？

いや、違う。ノビトカゲの親分は、祭壇の上に鎮座したままだ。

では、このノビトカゲは？

そう思ってよくよく見ると、とてもリアルな着ぐるみのノビトカゲだった。

「うわぁぁ！　あれ、着ぐるみ!?」

「すげぇ！　あのリュックと同じで本物みたいだ！」

トーマとレイが感嘆の声をあげる隣で、おじいさんがポツリと呟く。

「あの着ぐるみ、いいなぁ」

なんか……だんだんおじいさんの好みがわかってきたたな。

ちなみにさっきのリュックとお土産は、祭り見物の邪魔になるので小屋に置いてきている。

ノビトカゲの着ぐるみは前がよく見えないのか、両前脚を突き出し、探り探り歩いていた。

村人たちが両脇から支えようとしているのだが、その連携も上手くいっていない。

補助の村人が尻尾を踏んだり、着ぐるみノビトカゲが転びそうになったり大騒ぎだ。

コントのような動きに、会場から歓声と笑い声があがる。

「ねぇ、カイル。あの着ぐるみの中身って、もしかして……」

俺が聞くと、カイルがコクリと頷く。

「おそらく、そうですよね」

祭壇の中央までやって来ると、ノビトカゲは正面を向いた。

左右にいる村人たちの手を借りて、口がパカリと開けられる。

予想していた通り、着ぐるみの中身は村長だった。

「なんで顔を出すところ、口の中にしちゃったのかしら」

「ええ。丸呑みにされた人みたいよね……」

アリスとライラの呟きが聞こえる。

うん。見た目が本物みたいで、口の中も真っ赤だから、余計にそう見える。

首のあたりから顔を出せば、視界も確保されるのになぁ。

村長は妙なこだわりを見せる時があるから、譲れなかったのだろうか。

丸呑み状態の村長は、一つ咳払いをして周りを見回す。

「皆様。山神祭りに来てくださって、ありがとうございます。さぁ、山神踊りを踊り、山への感謝を捧げましょう！」

村長の言葉を合図に、広場中央にあった井の字形に組んだ木に火が入れられた。

さらに、笛や太鼓、バグパイプのような楽器を使って、軽快な曲が奏でられる。

炎を囲んでの踊りの始まりだ。人々が歓声をあげ、踊るために空けられたスペースへと進み出る。

村人たちが踊りに来た人々に、次々と首飾りをかけていった。

この首飾りは、乾燥させた木の実の殻《から》を繋げて作られており、殻の中には堅い種が入っている。

首にかけて跳《と》びはねたり大きな動きをしたりすると、殻の中でカチカチと音が鳴る仕組みだ。

一人だけなら小さな音だが、皆の踊りが揃えば大きな音になるんだよね。

首飾りをかけられた人々が踊り始める。

楽しそうだなと思っていると、おじいさんが俺たちに向かって笑った。

「私たちも行くか！」

「え！　行くって……？」

「踊りにだよ。大丈夫。踊りは教えてもらえるみたいだぞ」

おじいさんはそう言って、踊っている人々の輪のあたりを指し示す。

山神踊りを知らない人たちに、村人たちが手本を見せつつ教えてあげていた。

去年も山神祭りを見学していたから、教わらずとも踊り自体はわかる。

「でも、踊りはちょっと自信が……」

俺が躊躇していると、アリスが驚いた顔をする。

「あら、前に踊っているのを見たことがあるけど、とても上手だったわ」

アリスが言っているのは、パーティー用のダンスのことかな？　それとも、盆踊りのこと？

ダンスは鬼教官から特訓された成果だし、盆踊りは魂に染みついているから上手とはちょっと違うんだよぉ。

「いいじゃん、フィル！　楽しそうだし、参加しようぜ！」

レイはにっこり笑って、俺と腕を組む。

くっ！　これでは逃げられない。

「お祭りだものね。せっかくだから、私たちも行きましょう！」

ライラはそう言って、ミゼットたちを振り返る。

「は、はい！　お供します！」

「いいけど、上手く踊れるかなぁ」

ミゼットは生真面目な顔で答えたが、トーマは不安そうだ。

対照的な二人にアリスは小さく笑って、カイルに尋ねる。

「カイルは一緒に行ける？」

「あ、いや、俺は……ここで……」

一歩下がるカイルを、レイはじっと見つめる。

「なんだ、カイルは来ないのか？　普段、フィルにべったりなのに……」

カイルも俺と一緒で踊りが苦手だもんね。

せめてカイルだけは逃がしてあげようと、俺はにっこり笑う。

「カイル、無理しなくてもいいよ」

しかし、レイに捕まった状態の俺の姿が哀《あわ》れに見えたのか、カイルは意を決した顔で前に出た。

「いえ！　俺も行きます！　フィル様だけを、レイの犠牲にして逃げられません！」

ぐっと拳を握るカイルに、レイは呆れた目をして呟く。

「踊り誘っただけで、俺悪者かよ」

やり取りを聞いていたスケさんは、大きく肩を揺らして笑う。

「大丈夫、振り付けは簡単ですから。なんなら、踊りのコツも教えます。何せ、俺は去年首飾りを五本もらった実力者なんで！」

スケさんは腰に両手を当てて、胸を張る。

「数が多いと、すごいんですか？」

ミゼットの質問に、カクさんは微笑んで答える。

「山神踊りが上手い人は、追加で首飾りをかけてもらえるんですよ。首飾りの数が増えれば鳴らす音も大きくなるから、周りから注目を浴びるわけです」

「つまり、数が多いほど踊りが上手ってことかぁ！　よーし、頑張るぞ！」

張り切るレイを、ライラは睨む。

「調子に乗りすぎるんじゃないわよ」

「わかってるって、美しいお姉さぁ～ん。首飾り下さ～い！」

レイは村のお姉さんに、大きく手を振って声をかける。

「踊りに参加しますかぁ？　は～い、どうぞぉ！　楽しんでくださいね」

村のお姉さんが、俺たちの首に首飾りをかける。

やるしかないか……。

俺は諦めて、帽子が取れないよう紐をきゅっとしめる。

「コクヨウ、大人しく待っていられる？」

【心配するな。お前たちの余興、楽しみにしているぞ】

尻尾をフリフリしながら、ニヤリと笑う。

……楽しみにされてる。そういえば、コクヨウは盆踊りを見るのが好きだったなぁ。

余興にされることに悲しみを感じつつ、俺は踊りの輪の中へと連れていかれたのだった。

5

「あぁぁ、疲れたぁ」

俺は踊りの輪から出て広場を見回し、奇跡的に空いていたベンチを見つけて腰を下ろす。

すると、続いてやって来たレイとトーマが、ヨロヨロと隣に座った。

「山神踊りを甘くみてた」

「もうダメだぁ。動けないよぉ」

「かなり、体力を使う踊りね」

ライラがレイたちの隣に座り、さらにアリスとミゼットがベンチの空いているところに腰掛けながら頷く。疲れすぎて、頷くことしかできないみたいだ。

山神踊りは飛んだり跳《は》ねたりする振り付けが多く含まれているため、かなり体力を使うんだよねぇ。

炎の周りを五周ほど踊っただけだったが、俺たちはすっかりへとへとになっていた。

【まったく、揃いも揃ってひ弱だな】

ぐったりする俺たちのところにやって来て、コクヨウは呆れた顔で言う。

【お前の祖父のほうが、よほどしっかりしておるではないか】

コクヨウに言われて踊りの輪を見れば、未だに踊っているおじいさんの姿があった。

「おじい様、元気だな……」

俺が遠い目をしていると、レイが指をさす。

「しかも、首にかかっている首飾り見ろよ。十本くらいあるぞ」

踊っているので正確な本数はわからないが、おじいさんの首には少なくとも十本以上の首飾りがかかっていた。

つまり、うちのおじいさんは『初めに海藻スープを飲んだ勇気ある人』という名声に加え、『山神踊りの達人』という称号まで手に入れたのである。

俺たちは二本だけだったのに……。

その二本目も、踊る様子が微笑ましいからという、子供特権のおまけみたいなもの。

孫……完全敗北である。

「ご隠居様がすごすぎるんですよ。俺だって前回よりもらったのに……」

悔しがるスケさんの首には、八本首飾りがかかっていた。

「そういえば、途中からカイルがいなくなってたよな？　どこ行ったんだ？」

あたりをきょろきょろと見回すレイに、俺はぎこちなく笑う。

「あ、少し前に飲み物を買いに行ってもらったんだ」

結構頑張って踊っていたんだけど、精神的に限界っぽかったので、三周目くらいで飲み物のお使いを頼んだのであった。

「目立つだけ目立って、逃げたのかと思った」

口を尖らせるレイに、トーマは微笑む。

「カイルすごかったよねぇ」

確かに、すごかった。カイルの山神踊りが、まさかあんな風になるとは思わなかった。

カイルは踊ると、ロボット並みに動きが硬くなる。

以前、カイルに盆踊りを踊ってもらったことがあるから、そのことは知っていた。

だけど、まさか、踊りのテンポが速くなると、硬い動きのまま俊敏《しゅんびん》になるとは……。

盆踊りの時は、テンポがゆっくりだったから気づかなかったんだよね。

例えるなら、空手の型、あるいは高速ロボットダンスのようでもあった。

不思議とテンポは合っていたし、運動神経もいいから踊りとしてのキレはあるんだよな。

村長はかなり気に入ったらしく、興奮しながら「君の踊りに、山神踊りの進化を見たぞぉぉ！」って言って、カイルの首に追加の首飾りをかけていたくらい。

だから、今カイルの首には五本の首飾りがかかっているはずだ。

「お待たせしました」

噂のカイルが、両手に大きな紙袋を提げてやって来た。

「あ！　カイル、買ってきてくれてありがとう！」

ベンチからよいしょと立ち上がって、紙袋を覗き込む。

片方の紙袋には人数分の飲み物、もう片方の紙袋には海鮮焼きそばなどが入っていた。

「食べ物も買ってきてくれたの？」

「買ったのではなく、これは村人から先日のお礼だっていただいたんです。飲み物を買いに行ったら、そこの村の方が他の屋台料理を回って持たせてくれました。今、どの屋台にも列ができていて、全部回っていたら買うのに時間がかかるみたいですよ」

それを聞いて、俺たちの口から「おぉぉ」と感嘆の声が漏れる。

「そんなに売れてるんだ？」

俺が聞くとカイルが頷き、トーマとアリスがパチパチと手を叩く。

「本当に良かったねぇ！」

「皆が考えた作戦が大成功ってことね」

チラシや幟の効果と、おじいさんのおかげで口コミが広がった成果かな。

「踊りのほうに人が流れているはずなのにすごいわね。その状態を維持できるなら、想定していた一日の売り上げを超えると思うわ」

ライラは指で空中に計算式を書き、にっこり笑った。

「お礼なんて悪いなぁ。でも、嬉しいから、ありがたくいただこうか」

俺はそう言って、飲み物の一つを手に取る。

「ちょうど良かった。踊って小腹が減ったところだったんだ……うぐっ！」

大喜びしたレイが紙袋に手を伸ばしかけた時、その頭の上にコクヨウが飛び乗った。

【小僧、我が先だ】

鼻を鳴らすコクヨウに、カイルが紙袋を差し出す。

「コクヨウさんは焼き立てを食べたがっていましたもんね。お先にどうぞ。熱々ですよ」

コクヨウはレイの頭の上で、満足げに頷く。

【ふむ。まだ熱を感じるな。冷める前に食すとするか】

コクヨウは言って、ぺろりと舌なめずりをする。

「コクヨウ、せめてそこでは食べないであげて」

俺がコクヨウをどかしてやると、頭をさすりながらレイは口を尖らせる。

「絶対、コクヨウって俺のこと下に見てるよなぁ」

【当たり前だろうが】

コクヨウは唯一無二の伝承の獣だもんね。

一応主だから俺の意見は尊重してくれるが、召喚獣になっても唯我独尊《ゆいがどくそん》さは変わらない。

まぁ、それもコクヨウの個性だから、変わらないままでいいと思うけど。

はぐはぐと海藻焼きそばを食べているコクヨウを見下ろし、俺は微笑む。

その時、踊りの輪のほうで歓声があがった。

振り返ると、ちょうどおじいさんが踊り終えたみたいだ。

輪から外れたあたりで、周りにいた皆から芸能人のように握手を求められている。

すっかりお祭りの有名人だ。かなり目立ってるなぁ。

一応、身分を隠しているんだよね？　それなのに、あんなに人に囲まれるってすごいよね。

そんなことを思っていると、一緒にそれを見ていたアリスとライラとミゼットの呟きが聞こえた。

「似てるわね」

「似てるどころじゃないでしょ」

「血筋……でしょうか」

似てる？　血筋？　いったいなんのことだろう。

俺はわからなかったが、レイやトーマやカイル、スケさんカクさんまでもが、彼女たちの言葉に大きく頷いていた。

ん？　もしかして、わかっていないの俺だけ？

「ねぇ、皆、なんの話してるの？　誰に似てるの？」

そう聞いた途端、レイたちの視線が俺に集中した。

「は？　それ、本気で聞いてるのか？」

レイはまじまじと俺を見つめ、ライラはゴクリと息を呑んで言う。

「フィル君、自覚ないの？」

自覚？　どういうこと？

目をパチクリとさせる俺に、カイルは真剣な顔で言った。

「フィル様、ご隠居様にそっくりですよ」

ご隠居様って……おじいさんのこと？

俺は自分とおじいさんのいる方向を指さす。

「僕と!?　え、そっくり!?　だって、他の兄弟のほうが多分似てるよ！」

訴える俺に、スケさんは落ち着いてくださいとジェスチャーをする。

「確かに、他のご兄弟の方々も似ている部分がございます。しかし、近くで見させていただいている私どもの見解から申しますと、やはり一番似ていらっしゃるのはフィル様です」

スケさんの言葉に、皆がコックリと頷く。

「え、えぇ……そ、そうかな。僕は母親似だから、系統で言えば母方の顔なんだろうけど……。そんなにおじい様に似てるかなぁ。どちらかといえば、ステラ姉さまとかアルフォンス兄さまとかのほうが似てるような……」

俺は自分の頰を両手で包み込むようにさすりながら、大きく首を傾げる。

すると、皆は揃ってブルブルと首を振った。

レイは俺の肩に手を置いて、軽く揺する。

「違う、違う。顔じゃない。顔も似てるけど、それよりも似てるのは中身だよ！」

……中身とな？

目を瞬かせる俺に、アリスやカイル、レイやライラが一つずつ類似点を挙げていく。

「人にも動物にも優しくて、親切なところとか」

「堅苦しいのがお嫌いで、平民の格好で街中を散策するのが大好きなところとか」

「無自覚に人タラシなところとか」

「興味を持ったら、一直線な部分も一緒よね」

次々に挙げられていく類似点に、俺は慌てる。

「で、でも、それは他の兄弟も似ている部分で……」

俺が反論しようとすると、レイが肩に置いた手に力を込めた。

「そっくりだって！　騒動に巻き込まれるけど、円満解決しちゃうところとか！」

「注目の浴び方がそっくりだよねぇ」

「フィル先輩は目立つほうなので、遠目からでもわかります。あんな感じです」

トーマがのほほんと言い、ミゼットがコックリと頷く。

「そんなことないよ。目立たないように気をつけてるんだから」

それは譲れない！

俺が胸を張って言うと、レイはやれやれと首を横に振る。

「確かに、フィルは目立ちたくないって自制するから、あの方とは少し違う。しかし、注目を浴びている時のフィルは、あんな風に輝いている！　その陰で、俺が目立てない悔しさを感じていること、知らないだろう！」

……輝いていると思ってくれていたの？　知らなかったよ。

「フィル様のお父上も、似た者同士のお二人が組み合わさったらどうなるか、大変心配していらっしゃいました」

そう口にしながらカクさんはその気持ちがわかりますというように遠くを見つめ、スケさんは深く頷く。

「規格外なお二人ですから、いつ騒動に巻き込まれ、注目の的になるのではと気が気ではありません」

そこまで⁉

「そ、そんなに僕とおじい様ってそっくりかなぁ？」

俺は半信半疑な気持ちで、おじいさんのほうを振り返る。

おじいさんが、こっちに来ようと思っているのに、ファンに囲まれて足止めされているのが見えた。

距離をとっていた侯爵家の護衛も現れて、他人のふりをしつつもおじいさんを守っている。

その様子は、ボディガードに守られているスターそのもの。

まるで空港に降り立った、ハリウッドスター状態だった。

「やっぱり、あんなに目立ってないと思うんだけどなぁ」

俺が腕組みして、低く唸る。

「一番似ているのは、いろいろと自覚がないところですよね……」

憂《うれ》い顔で呟くカイルの肩をスケさんがポンと叩いた。

……なんで、カイルも苦労するなぁって表情なの。

「いろいろな自覚って何？」

俺が聞いているところへ、ちょうどおじいさんも戻ってきて俺たちを見回す。

「ん？　自覚がどうした？」

スケさんとカクさんは再びカイルの肩をポンと叩いた。

……なんで、一緒に頑張ろうなって表情なの。

◇　◇　◇

山神祭りで大活躍したおじいさんは、その夜、城でのディナーでも旅の話や出会った人のことなど、いろいろなお話をしてくれた。そんな大いに楽しんだ日の、翌日。

俺とカイルとアリスを乗せた馬車は、とある宿屋の前に到着した。

ここはトリスタン家が宿泊している宿屋。

港近くには商人が利用する貸倉庫があるのだが、そこに一番近い場所だ。

従業員たちも泊まるので、この一棟を丸ごと借りていると聞いている。

ちなみに、ザイド家のほうは大通りにある貴族用の宿の部屋と、使用人や船員用に平民用の宿の部屋を借りているそうだ。

両家ともお仕事目的で利用するようで、三週間ほどの長期滞在を予定しているそう。

新しい宿泊施設もすでに予約済みで、オープンしたら半数くらいはそちらに移動する予定らしい。

スケさんが馬車の扉を開けて、俺たちに向かって微笑む。

「どうぞ、お降りください」

馬車を降りると、海風を強く感じた。飛ばされないようマントのフードを押さえる。

「フィル君、いらっしゃい。待っていたわ」

ライラとトーマとレイが、宿屋の前に立っていた。

そう、ライラとレイのご両親に都合がつき、今日ようやく挨拶の日を迎えたのだ。

挨拶とともに身分を明かすことになっている。

「なんか顔が強ばってるぞ」

レイの言葉に俺は口を開く。

「だって、レイとライラ両方のご両親に会うんだよ」

レイとライラの両親は普段から交流があって、タイミング良く両家が集まる時があったので、今日にしたけれど、二組を前に秘密を明かすとなると緊張も二倍である。

「大丈夫。お父様もお母様も、楽しみにしているから」

にっこりと笑うライラに、トーマも大きく頷く。

「僕はすでにご挨拶させていただいているけど、とってもいい人たちだよ」

「普段からフィル君の話をしているからか、お父様とお母様もすでにフィル君のこと気に入っているもの」

ライラはそこまで笑顔で言って、ふと俺にヒソヒソと囁く。

「でも、今日は王子であることと、日干し王子のことを話すのよね？　がっかりするかしら？　トリスタン商会の商品開発担当にしたがっていたから」

それは何十回もライラに勧誘され、そのたびにお断りしている件では？

ライラ、まだ諦めていなかったのか。

レイは腕組みして、眉を寄せ、低く唸る。

「母さんはトーマみたいに何があってもあまり動じないタイプだけど、父さんがどうなるかは想像できないな。でも、あの鉄面皮が壊れる瞬間は見てみたい」

真面目な顔をしているが、ちょっとワクワクしているのが見える。

俺の告白はドッキリじゃないんだからね？

「とにかく、行きましょう」

ライラが先に歩いて、手招きする。

「スケさんたちはここで待っていて。挨拶したら戻ってくるから」

振り返ってそう言うと、スケさんとカクさんは頷いた。

「わかりました。お待ちしています」

「お気をつけて」

ライラを先頭に、宿屋の中に入っていく。昼ではあったが、宿屋の中はちょっと薄暗い。

多くの商品は貸倉庫に置いてあるのだろうが、こちらの宿屋にも一部置いているみたいだ。商品ラベルの付いた木箱がいくつも並んでいる。

それを運んでいる商人の姿もあった。

「あ、ライラお嬢様のお友だちですか、いらっしゃい」

皆が作業を止めて挨拶をしてくれたので、俺たちも挨拶を返す。

掛け声や笑い声が、奥の部屋の中からも聞こえる。賑やかで活気があるな。

目立つのを避けるため、失礼ではあるがフードはかぶったまま、二階の一番奥、大きな二枚扉の前まで歩いていく。

ライラが許可を得て扉を開けると、中には二組の男女が向かい合わせに置かれたソファにそれぞれ座っていた。

レイの両親には一度会ったことがあるので、その反対側にいるのがライラの両親だろう。

「お父様、お母様。到着しました」

ライラがそう言うと、彼らはソファから立ち上がる。

「こんにちは、ライラがいつも世話になっているね。私はユセフ・トリスタン。こちらが妻のベリンダだ」

男性は丈の長いローブにボリュームのあるコートを羽織《はお》っている、威厳があって、いかにも大商家の当主という出で立ちだ。

女性は裾に細やかな刺繍が施《ほどこ》された丈の長いチュニックを着て、金糸を編んだベルトをしていた。

「いらっしゃい！　さぁ、もっと中に入って。皆のお話は聞いているわ。会いたかったのよ！」

ベリンダさんはよく通る声で言って、ニコッと笑う。

元気な『いらっしゃい』に、ちょっと圧倒される。たまに店頭に立つこともあるそうだし、普段から言い慣れているんだろうな。

ハキハキとした気持ちの良い発声は、ライラと通じるものがある。

顔立ちからいっても、ライラはお母さん似な気がした。

「バルサ国伯爵家のアミル・ザイドと、妻のナディアだ。よろしく」

アミルさんは表情を変えず、言葉少なに挨拶をする。

そんなアミルさんとは対照的に、ナディアさんはふわりと花が綻《ほころ》ぶように笑った。

「はじめまして。ナディアよ。皆がレイとライラのお友だちね」

アミルさんとナディアさんたちは、以前見た時と似たバルサ国の民族衣装を身にまとっていた。

ただ、装飾が控えめなことから、城で会った時よりも普段着に近い装いのようだ。

ライラは俺たちを振り返り、手のひらで指し示す。

「アリスにカイル君にフィル君よ」

ライラに紹介されて、アリスが一歩前に出た。

「アリス・カルターニです」

アリスが深く礼をすると、ベリンダさんは嬉しそうな顔で言う。

「ライラの大親友の子ね。まぁ、人形のように可愛らしいわぁ！」

「本当、可愛い。……あら、待って。どこかで会ったことがある？」

ナディアさんはアリスを見つめて、何かを思い出すように首を傾げる。

以前、俺が城でレイのご両親に会った時、アリスやカイルも一緒にいた。

一度きりだし、お客様とすれ違う時メイドや従者は、名乗らずに少し頭を下げた状態で控えているから、気づくとは思わなかった。

アリスも驚いた顔で、ナディアさんにコクリと頷く。

「はい。グレスハート城でお会いしました。母が城のメイドで、私もメイド見習いとして勤めています。ご挨拶できませんでしたので、覚えていらっしゃると思いませんでした」

「あぁ、そうだわ。あの時の可愛らしいメイドさんね。ふふ、改めてどうぞよろしくね」

ナディアさんはそう言って、アリスに微笑む。

次に前に出たのは、カイルだった。綺麗な所作で頭を下げる。

俺の従者となる時に身につけた、礼儀作法だ。

「カイル・グラバーです。皆様、どうぞよろしくお願いいたします」

「ライラから話で聞いていた通り、とても落ち着いているんだね」

「よろしくね、カイル君。本当に男前だわ」

ライラの両親はそれぞれ別の意味合いで感心している。

すると、アミルさんがじっとカイルを見つめて呟く。

「君も……城でフィル殿下とお会いした時に、彼女と一緒に殿下の後ろに控えていたね？」

「まぁ、本当。一緒にいた従者の方よね？」

ナディアさんも気がついたのか、嬉しそうにパチンと手を叩く。

「はい。その節はご挨拶ができず、申し訳ありませんでした」

アミルさんたちを見て、再び礼をする。

斜め後ろからだから、顔色はわからなかったけど、声の様子は落ち着いて聞こえた。

以前、アミルさんと会った時、カイルは青ざめていたんだよね。

ルワインドの由緒正しき家の者ほど、獣人を嫌っている人が多いと聞く。

カイルが獣人だと特定されたわけじゃないし、あの時アミルさんたちが嫌悪感を示すそぶりを見せたわけではなかったが、カイルはかなりのストレスを感じているみたいだった。

でも、今のカイルからはそんな様子は見受けられない。

レイやトーマやライラという、心の拠《よ》り所《どころ》が増えたからだろうか。

「フィル殿下の従者やメイド見習いさんが、ライラたちの友人とは思わなかったわ」

驚くベリンダさんに頷き、ユセフさんがライラの後ろに控えたままの俺に視線を向ける。

「そういえば、ここにも同じ名前のフィル君がいるな。最後の君が、フィル・テイラ君だね？」

「はい。あ……」

俺は前に出ながら、マントのフードを外した。

「フィルです。失礼しました。少し目立つので、街では髪を隠していまして……」

ぺこっとお辞儀をして、俺は照れ笑いをする。

ベリンダさんが高い声をあげた。

「まぁぁぁぁ、可愛らしいわ！　ライラに聞いていたけど、妖精さんみたい！」

「え、妖せ……？」

ライラ、そんなこと言ってたの？

俺が横を見ると、ライラが「でしょ！」となぜか誇らしげに頷いていた。

言っていたんだ……。

「聞いてはいたが、その髪色は確かに目立つな。クリティア聖教会の中でも、そのように美しい青みがかった銀色は見たことがない。いや、そういえば……グレスハートのフィル殿下もそれくらい美しかったような……」

俺を見つめてユセフさんが、ブツブツと呟いている。その呟きを聞いて、微かに首を傾げていたアミルさんが小さく息を呑んだ気がした。

俺はユセフさんたちを見据え、意を決して口を開く。

「実は、学校ではフィル・テイラと名乗っていますが、本名ではないんです」

視線が集まる中、俺はさらに続ける。

「僕の本名は、フィル・グレスハート。グレスハート王国の第三王子です」

「え……えぇ!?」

ベリンダさんは驚愕の声を上げ、ナディアさんは口元を押さえた。

「やっぱりそうか……」

ユセフさんは大きく目を見開いてそう呟く。

アミルさんの表情は変わらないままだったから、レイが少し残念そうだった。だけど、意外にアミルさんは驚いているみたい。瞬きの回数が、ちょっと増えている気がする。

「ライラの友人の……フィル君が、……フィル殿下？」

ベリンダさんは、一つひとつ確かめるように尋ねる。

「はい。普通の学生生活がしたくて、学校では身分を隠し、鉱石屋の息子フィル・テイラとしてステア王立学校に通っています。つい先日、レイやライラやトーマにも王子であることがバレてしまいまして、同時にレイ君のお父様がザイド伯爵様だと知りました」

「ベリンダおばさんたちも知っていると思うけど、俺も学校ではクライスを名乗っているから……」

レイはじっと見つめるアミルさんから、そっと視線を逸《そ》らしながらそう語った。

「アミルさんとは一度お会いしていますし、トリスタン家には貿易関係でお世話になっています。それで、ご両親にも本当の名前をお話ししたほうがいいんじゃないかって思いました」

俺が理由を述べると、カイルがさらに補足する。

「このことは陛下も了承されておりますからね」

「なるほど。私たちはパーティーにも招待いただいておりますす」

アミルさんは合点がいった様子で頷き、ナディアさんは少し気が抜けた顔で息を吐く。

「でも、以前お会いした時と印象が違うので、わかりませんでしたわ。こう、以前はキラキラで、服もフリフリでリボンがついてて……」

ナディアさんの説明に、俺は慌てる。

「あ、いや！　あれは、その……」

「キラキラ、フリフリ？」

「フィル。普段、そんなの着てんのか？」

トーマとレイは信じられないといった顔で、まじまじと俺の顔を覗き込む。

「可愛い格好は、ご公務の時だけよね。変装用に」

アリスの言葉に、俺はコクコクと頷く。

「そう！　知り合いに会った時のための変装なんだよ。僕の趣味じゃないからね。普段はこんな感じ！」

マントをバッと開けて、今着ているシンプルな服を見せる。

「アルフォンス殿下やレイラ殿下が、選んでくださっているんだ」

カイルが言うと、ライラとレイが手を挙げる。

「その格好見たーい！」

「俺も見たい！」

そんな俺たちのやり取りに、ポカンとしていたナディアさんとベリンダさんは笑い出す。

「皆、仲が良いんですねぇ」

「驚きましたけど、今の様子を見ていたらなんだか安心しましたわ」

「驚かせてしまってすみません」

俺がぺこりと頭を下げると、ベリンダさんは慌てる。

「いいんです。ステアでは学校の方針でそういったことがないよう配慮していると聞いていますが、身分や家柄が友だち作りに影響するのは知っています」

ナディアさんも深く頷いて、俺に微笑む。

「フィル殿下が、隠したかった気持ちはわかりますわ」

優しい言葉をかけてくれた二人に、今度は強い感謝の気持ちで俺は頭を下げる。

「ありがとうございます」

「お父様ごめんね。こういうことだから、フィル君をトリスタンの専属開発者にはできないと思うの」

ライラが申し訳なさそうに言うと、ユセフさんは肩を落としてブツブツと呟く。

「当然だ。フィル殿下といえば、王家の皆様が溺愛《できあい》されている方。下手に手を出せばどんなことになるか……」

それから、俺の視線に気がつくと、慌てて体裁《ていさい》を取り繕《つくろ》う。

「とても残念です。ライラから、学校に見たこともない食べ物や、便利なものを作り出す少年がいると聞いていたので、専属になってもらいたかっ――……」

話していたユセフさんは、ふと言葉を止めて俺を見つめる。

目が合っているようで合ってない、俺の内々を覗いているような。

「フィル殿下」

ただならぬ様子に、俺は襟《えり》を正す。

「は、はい？」

「まさか……、まさか……その……、もしかして……」

ユセフさんは震える指で俺を指しかけて、すぐに失礼だともう片方の手で押さえる。

やはり正解に辿《たど》りついてしまったか。

頷いた俺は、ぎこちなく微笑む。

「はい、日干し王子は……僕です」

俺の告白に、ユセフさんは頭を抱えた。

「やっっっっっっぱり！」

「えぇっ⁉　フィル殿下が日干し王子様なんですか⁉」

ベリンダさんが叫び、ナディアさんは固まる。アミルさんの瞬き回数は先ほどの告白の時より、さらに増えていた。

「そうか、そうですか……。フィル殿下が日干し王子……。なるほど……」

ブツブツと呟いていたユセフさんだったが、大きく息を吐いて俺を見据える。

「実は、グレスハートで干物などの新商品が出た当初、一度だけ日干し王子が末の王子の通り名だという噂を耳にしたことがあったんです」

「そう……なんですか？」

アミルさんが尋ね、ライラは大きく目を開く。

「え、そうなの⁉　お父様」

「しかし、末の王子といえば当時は六歳くらい。ライラより年下だ。とても、信じることができませんでした。その後、箝口令《かんこうれい》が敷かれたのか、真相を確かめることもできなくなりました。それに末の王子様が留学したあとに新商品が続々と出ていたので、やはりアルフォンス殿下だという説が有力なのではないかと……」

テンガの能力で連絡を取って、遠隔の地からプロデュースした商品を出してもらっていたからなぁ。

「もっと早く知っていれば……」

ユセフさんはそう言って、ガックリと肩を落とす。

もっと早く知っていたら、どうなっていたんだろうか……。考えるとちょっと怖い。

「ライラがこのことを知ったのはいつなの？」

ベリンダさんの質問に、ライラはけろりとした顔で答える。

「王子だってことと一緒に聞いたばかりよ」

「フィルが挨拶の時に話すって言うから、黙っていたんだ」

ライラとレイの言葉に、ユセフさんは呆気にとられる。

「す、すごいな。よくこんな衝撃的な事実を知って、態度を変えずにいられたな。驚きを禁じ得ないぞ」

驚きを通り越して感心すらしている父親に、ライラは少し肩をすくめる。

「だって、友だちなのは変わらないもの」

「関係が同じなら、接し方だって変わりようがないよな？」

ライラとレイはそう言って、トーマと一緒に「そうだよね」と頷き合う。

「それに、信頼や絆は、相手との約束を守ることによって維持されるものでしょ？　口が軽い商人は信用してもらえないって、お父様がよく言っているじゃない」

にっこり笑う娘に、ユセフさんはガックリと肩を落とした。

「我が娘ながら、恐ろしい……」

# 6

レイとライラの両親にご挨拶をして身分を明かした翌日。

俺は婚姻式を機に観光関係の施設を作るべく、開発を進めている地区を訪れていた。

明日、共同浴場と宿泊施設がオープンするので、その最終確認をしに来たのだ。

今は共同浴場内を視察し終えて、これから宿泊施設へと向かうところである。

確認したところ、共同浴場のほうは問題なさそうだな。

オープンしてしばらくは人が殺到するだろうから、貸し出しのタオルや消耗品のストックは多めにしてあるし……。

それから、靴箱の使い方や入浴ルールを記した看板も増やして、子供も大人も見えやすい位置に設置し直したからオーケー。

担当スタッフの接客や、案内役の説明も完璧だった。

婚姻式前後二週間はスタッフの人数を倍増して、トラブルに対応するための特別スタッフも多めに配置しておけば、とりあえずは大丈夫かな。

まぁ、それでも、新しい施設だから混乱はあるだろうし、お客様に施設のシステムやルールを覚えてもらうまではちょっと大変だろうけどね。

まずは、オープン初日を乗り切ってもらって、問題があったらそのつど調整かなぁ。

変装用の眼鏡をクイッと上げてメモをとっていると、後ろから笑い声が聞こえてきた。

「ほぉ、ステアの学校の寮のとそんなに違うのかい？」

「はい、寮のオフロも大きいですが、こちらはもっと大きいです」

「こちらのほうが、種類も豊富で楽しそうですね」

おじいさんとレイやミゼットたちが、楽しそうに話をしている。

そして、その後ろには父さんやアルフォンス兄さんと談笑する、三人の男性がいた。

一度帰国してグレスハートに戻ってきた、トーマのお父さんのロブさん。

それから、レイのお父さんであるアミルさんと、ライラのお父さんであるユセフさん。

つまり、皆のお父さんたちだ。

護衛たちを引き連れてぞろぞろと歩く彼らを見つめ、俺は小さく唸る。

ずいぶん、大所帯の視察になってしまったなぁ。

当初の予定では、父さんとアルフォンス兄さんと俺の三人で視察するつもりだった。

だけど、急遽《きゅうきょ》おじいさんとレイたち、そしてその保護者たちが参加することになったんだよね。

おじいさんが参加することが決まったのは、山神祭りから帰ってきた夜におじいさんやアントン叔父さん夫妻を招いて、城でディナーをした時のことだ。

新しい宿泊施設ができたことを知ったおじいさんから、一緒に視察に行きたいとお願いされた。

おじいさんは珍しいものが好きだもんね。新しい施設を解説付きで巡るとなったら、来たいと言うに決まっている。

そのあたりは、父さんもなんとなく予想がついていたみたいで、苦笑しつつも許可してくれた。

外交的にも、おじいさんが新しい施設の情報をよく知っていた方が有利だろうと考えたようだ。

そしてレイたち親子が参加することになったのは、今回の告白で驚かせたお詫びである。

父さんも結局公務が忙しくて、俺の友だちを城に呼んでもてなすっていう時間が取れなかったからなぁ。公務に絡《から》めて、俺の学校の様子を知りつつ、親同士の親睦《しんぼく》を図るつもりのようだ。

それに、レイとライラの両家は新しい宿泊施設に宿泊する予定があったから、一日前倒しで見学させてもいいだろうと考えたみたい。

ただ、今回の視察は、給湯方法などの一部システムや仕組みは極秘事項。その上参加する場合は視察で知ったことに関して、口外しないっていう制約付きだけどね。

それにしても、皆和《なご》やかな雰囲気で良かった。

保護者同士は身分の差を気にするんじゃないかって、心配していたんだよね。

王族と貴族と大商家と職人。子供の友だちの親というくくりでなければ、絶対に集合しないメンバーである。

父さんや兄さんが今日はフィルの学校生活の様子が見たいし、親御さんとも仲良くしたいから無礼講でとは言ったけど、いきなりは難しいよね。

トーマはおじいさんで慣れたのか、平気そうだったけど。

ロブさんはかなり緊張して、初めブリキ人形みたいな動きをしていたよなぁ。

気さくなおじいさんがロブさんに会話をふったり、ジョークで場を和ませてくれたりしたお陰で緊張がほぐれたみたいだけど。

今は、職人の視点で意見を述べてくれていて、父さんたちとも楽しく会話しているようだ。

「この共同浴場は、大変興味深いものばかりでした。あのシャワーという仕組み、面白いですね。レバーの切り替えで、雨のようにお湯が降り注ぐだなんて」

ロブさんの言葉に、アミルさんとユセフさんが頷く。

「あれは私も便利だと思いました」

「ええ。あれならいちいちお湯を桶《おけ》で汲《く》み上げる必要がない」

彼らが盛り上がっている話題は、立ったまま使えるシャワーのことだ。

区切られたシャワーブースの上に、貯水タンクが設置されていて、レバーの切り替えで貯まっているお湯が一定量降り注ぐ。そして、湯量が減ると、減った分だけ追加される。

フロート弁や浮き球を使った簡易的な装置だけど、今まであういうものはなかったし、興味が尽きないのだろう。

「あれもやはり、フィル殿下がお考えになられたものなのでしょうか?」

ユセフさんの問いに、父さんは小さく頷く。

「ああ、そうだ。構造は言えないがな。共同浴場と宿泊施設には、フィルのアイデアが盛り込まれている」

「ちなみに、新事業関係は設備も含め、私が窓口になります」

アルフォンス兄さんがにっこりと笑うと、ユセフさんは口元を微かに引きつらせた。

「強敵ですね。どうぞよろしくお願いいたします」

そう言いつつも、物欲しげに俺を見つめる。

先日の挨拶で、日干し王子に関することは父さんたちを通してほしいと伝えてある。

俺を見ても、何もしてあげられないよ。

「僕の考えるものは割と単純なものばかりですよ。シャワーも仕組みとしては単純ですから、誰でも思いつくものかと……」

俺がぎこちなく笑うと、ユセフさんではなくロブさんが強く反論した。

「とんでもない！　単純な仕組みほど、ひらめきが重要になります！　この柔軟な発想がどこから来るのかと、本当に驚いています」

キラキラと尊敬の眼差しが注がれ、眩《まぶ》しい。

「あ、ありがとうございます」

お礼を言う俺の腕を、レイがちょんちょんとつつく。

「あのシャワーっていうの、学校にも作れないのか？」

ワクワク顔を前に、俺は考え込む。

「学校にも？　ん～、川の水量がちょっと足りないかもなぁ」

どちらも川から水を引いてきているのだが、学校の川はこちらのより水量が少ない。

浴槽のお湯を循環させるのに結構使うから、シャワー分を貯水する余裕がないのだ。

「そっかぁ。面白そうなのになぁ」

口を尖らせるレイを、ライラは睨む。

「レイが面白いって言っている時点でダメよ。絶対にオフロで遊ぶ気でしょ？」

「何言ってんだよ。遊ばないって」

レイがそう言いながらチラッと父親を見ると、会話が聞こえたらしいアミルさんがレイの様子を窺っていた。

アミルさんも学校でのレイの様子が気になるのかな。

その視線に気がついて、レイは少し焦った様子で俺たちに向かって言う。

「俺はオフロの掟《おきて》はきちんと守っているよな。な？」

「あ、えっと、うん。そうだね」

「まぁ、そう……かな」

「間違いではない……とは思うが」

レイに同意を求められたトーマと俺とカイルは、ぎこちなく頷く。

確かにレイは、お風呂の掟に書いてあることは守る。

ただ、掟に定められていないことはやっている。おかげで、レイに抜け道を与えないよう、学校の掟が増え続けている状態だ。

そんな実情を伝えたいところだけど、今はやめておこう。

親の前では自分をちょっとでもいい子に見せたいっていう、子供の気持ちはよくわかっている。

俺だって、学校のことを告げ口されたくないもんなぁ。

それに、今日の視察は、忙しいアミルさんとレイがお話ができるチャンスでもある。

できるだけ、協力してあげたい。

これをきっかけとして、親子で会話をする機会が増えたらいいんだけど。

俺たちの同意を得て安堵したレイは、小さく咳払いをして話を元に戻す。

「とにかく、シャワーは作れないってことだな。じゃあ、露天風呂とかもダメってことか。あれは特に気に入ったのになぁ」

「確かに、庭園を眺めながらオフロに入れるのはいいと思いました。あとは花湯が綺麗でしたね」

ミゼットの言葉に、アリスは微笑む。

「そうね。私が印象深かったのは、薬湯かしら。入ったら、いろいろな効能がありそうだもの」

「はい！　僕は色がついている、お塩のオフロ！」

トーマは高く手を挙げる。

内湯には木風呂と岩風呂、生花を浮かべた花湯、薬草をブレンドした薬湯、植物から抽出した着色料と香料を配合したバスソルトを入れたお風呂と、計五つの浴槽を作った。

しかも、内容は定期的に入れ替える予定だ。

「どのオフロも素敵だったわよね。私は、貸し切りのオフロがいいと思ったわ」

ライラの感想に、ユセフさんが「おや」と眉を上げる。

「あちらは浴槽が一つか二つしかなかったろう。私は一般用のほうが、種類も豊富でいいと思うが？」

「あら、お父様。確かに貸し切りのオフロは浴槽の種類が少なかったけど、浴室全体の雰囲気がそれぞれ違っていて面白かったじゃない。人がいないから落ち着いて入れるし、浴槽を独占できるってやっぱり特別感があるわ」

貴族用の貸し切り風呂は十室あるのだが、それぞれコンセプトが異なっている。

神殿風にしたり、全面を板張りにしたり、リゾート風にしたり、湿度と熱に強い植物を置いてジャングル風にしてみたり。浴槽の種類が少ない分、浴室内の装飾などでいろいろと変化をつけている。

ちなみに、希望があれば通常の浴槽を、花湯か薬湯かバスソルトのお風呂に変更可能だ。

ユセフさんも貸し切り風呂の良さに気がついていて、あえてライラに尋ねてみたんだろう。

「確かに、ライラの言う通りだな」

満足そうに微笑み、娘の頭を撫でる。

「ただ、貴族用だから、入れないのは残念だわ」

ライラが残念そうにため息を吐くと、ユセフさんは大きく笑った。

「ははは！　確かに。こんなことなら、爵位を返すんじゃなかったな！」

ユセフさんしか言えない、トリスタン家ブラックジョーク……。

ライラの父方の家系であるアブド家は、バルサ国で男爵位を持っていた。

しかし、獣人を擁護し始めたことで獣人反対派に圧力をかけられ、貴族として国に従属し続けることが難しくなったそうだ。

アブド男爵家も商売をやって大きくなった家だから、奥さんのトリスタン家に入ることに違和感はなかったそうなんだけど……。

思ったとしても、なかなか実行できることではない。

今トリスタン家が大成功しているのも、こうして笑い飛ばせる強さがあるからなのかな。

すると、楽しそうに笑い合うユセフさんたち親子を見て、黙っていたアミルさんが小さく手を挙げた。

「あの……ライラ嬢が貸し切りプロを使いたいのであれば、ザイド家で予約を入れましょうか。妻も、奥方や令嬢と仲が良いですから。もし良ければ、そちらのお友だちも……」

「え!!　アミルおじ様、いいんですか？」

ライラは両手を上げて、大喜びする。

レイのお母さんと、ライラのお母さんは親友同士。ライラも小さな頃から、娘のように可愛がってもらっているそうだ。

「それはありがたい。妻も喜びます」

ユセフさんの感謝の言葉にアミルさんは頷き、それからレイへと視線を向ける。

「レイも……貸し切りブロに入りたいか？　もし、入りたいなら男性側でも予約をするが……」

その言葉に、俺やライラたちは小さく息を呑む。

これはもしや、親子でお風呂に入って親睦を深めたいというお誘い!?

仲良くなるチャンスなのではっ！

俺たちが感動していると、レイは真顔で制止のポーズを作る。

「いえ、俺はこっちの一般用だけで結構です」

父親の誘いを、キッパリと断った。

「……そうか」

ただでさえ抑揚《よくよう》のないアミルさんの声が、さらに落ち込んで聞こえた。

レイってば、何やってんのぉぉぉ。

俺とカイルは両側からレイの首にガッと腕を回して引き寄せ、ヒソヒソと言う。

「レイ、せっかくのお誘い、なんで断っちゃうわけ？　一緒に入りたいから誘ったんだと思うよ？」

「父親と歩み寄るんじゃなかったのか？」

「いや、いや、いや、無理、無理、無理」

レイは小声で言いながら、ブルブルと首を振る。

「度胸見せなさいよ」

顔を寄せて睨むライラに、トーマが強く同意する。

「そうだよ。お話ししたいんでしょ？」

「頑張って。レイ」

「きっと喜ばれると思います」

アリスやミゼットも声をかけるが、レイは胸の前で手をクロスし、大きなバッテンを作った。

「無理！　いきなり一緒にフロなんて、絶対無理！　何すりゃいいかわかんねーもん！」

……背中を流してあげればいいじゃん。

そう思うが、今まで関わりを絶ってきたレイにとっては、ハードルが高い気もする。

もう少し段階を踏んでからのほうがいいのかなぁ。

ブルブル首を振るレイを見つめ、俺たちは渋い顔で唸る。

「どうかしたのか？　フィル」

おじいさんに声をかけられ、父さんたちの視線が集まっていることに気がついた。

レイがアミルさんとのお風呂を、断固拒否していますなんて言えない。

傷口に粗塩を塗《ぬ》り込むことになってしまう。ここは別の話題で誤魔化そう。

俺は彼らに向かって、コホンと咳払いをした。

「あ〜……その、今回は貴族用の貸し切り風呂を作りましたが、需要があるなら一般用にも幾つか貸し切り風呂を設置したほうがいいのかと思いまして。友だちと相談していました」

「それは興味深いですね。もし作るとしたら、具体的にどういったものを作るのか構想はありますか？」

あ、適当に言ったのに、ユセフさんが興味津々で乗ってきちゃった。

「えっと、そ、そうですね。平民の方にも求めやすい価格で、グレードを三段階に分けようかなと思います。そのグレードによって、サービスや設備に差をつけようかなと。普段一番下のクラスを利用している方でも、たまには上のクラスを利用して、贅沢《ぜいたく》感を味わいたい時もあると思うんです」

「なるほど。上級・中級・下級クラスといった感じで、格付けされた貸し切りブロってことですね」

「はい。ただ、その名前ですとイメージ的に格差を感じてしまうので、植物の名前などを使ってグレード分けをしようかなと思います。どのクラスでも、満足いただけるサービスを心掛けるつもりですから」

松竹梅みたいなのがいいよね。

「確かに、イメージは大事です。一番下のクラスでも、素晴らしいサービスを受けられるならば、下級という呼び方はふさわしくないですしね。大変勉強になります。さすがフィル殿下」

ユセフさんは感嘆した様子で、息を吐く。

『さすがフィル殿下』には、『さすが日干し王子』の意味合いが含まれているように感じる。

「まだ思いつきの段階ですよ？」

「構想だけでは、もったいない。ぜひとも実現していただきたいです。その際は、トリスタン商会が総力をあげてお手伝いいたしますよ！」

ユセフさんが俺に向かって、胸を叩く。

すると、父さんとアルフォンス兄さんが俺の両脇に立ってニコリと笑った。

「ありがとう。ユセフ殿の申し出は、大変心強い。ただ、まずはこの施設を成功させないといけないがな」

「ええ、我が国の新しい沐浴《もくよく》方法は、まだ一般的ではないですから。本格的に計画が動くことになりましたら、正式に依頼いたしますよ」

双璧《そうへき》の心強さ。さすが、父さんとアルフォンス兄さん。

ユセフさんは残念そうに息を吐く。

「かしこまりました。いつでも対応できるよう、準備をしておきます」

この共同浴場は必ず成功する、という自信があるみたい。

いや、俺だって成功を疑っているわけじゃない。

学校の生徒たちにもお風呂は人気だし、アルフォンス兄さんと何度も話し合いながら準備してきた。

ただ、やはり少し不安な部分も残っているんだよね。

ステア王立学校の生徒たちみたいに、子供は好奇心旺盛だし柔軟性がある。

だけど、年齢や立場によっては、新しいことを受け入れるのに抵抗がある人もいるんじゃないだろうか。

「成功すると思いますか？」

俺がおずおずと尋ねると、ユセフさんは真面目な顔で頷く。

「はい、必ず。初めは驚き、戸惑う人もいると思います。しかし、きっと定着します。我が商船の船員が、港にある船員用の共同浴場を利用しましたが、みんな気に入っていましたよ」

「私の船の船員たちも、航海後に清潔になれるのはいいと言っていました。きっと人気が出ると思います」

ユセフさんに続いて、アミルさんも太鼓判《たいこばん》を押してくれた。

「本当ですか？」

船員用の共同浴場は、すでにオープンしている。

利用状況はいいと報告がきていたが、実際の反応を聞くと安心する。

「私も今から共同浴場を使えるのが楽しみですよ」

ロブさんはトーマそっくりの、のほほんとした笑顔で言った。

彼らにそう言ってもらえると、なんだか自信が湧いてくる。

「私もシャワーとやらを早く使ってみたいなぁ」

おじいさんの言葉に、ライラやトーマたちが笑う。

「おじい様は珍しいものがお好きですもんね」

「そうおっしゃると思っていましたぁ」

確かに、好きそう。でも、おじいさんは貴族だよね？

シャワーは一般用なんだけど、もしかしてお忍びで入る気か？　それって大丈夫なのか？

ちらっと隣を見ると、父さんが暗い目をしていた。

と……とにかく、一生懸命準備したから、人気が出てくれたら嬉しい。

もし一般の貸し切り風呂を作るってなったら、王族用にも貸し切り風呂を作ることも検討したほうがいいのかな？

これから行く宿泊施設の王族用客室にもお風呂はあるけど、様々なコンセプトの貸し切り風呂があったら更に喜ばれると思う。

ルーゼリア王女もここに王族用のお風呂がないのを残念がっていたし、追加で作ってもいいかも。

そう考えて、俺はハッと息を呑む。

そうだ！　お風呂以外に、温水プールがあってもいいな。

うちの国は海に面しているが、港以外は崖になっていて海水浴ができる砂浜がない。

そもそもグレスハートは温暖な気候だから、川に入って体の熱を冷ますほど暑い気候でもないんだよね。川の水は山からの雪解け水だから、そのまま入るには冷たすぎるし。

温度を調節して、ウォーターアトラクションのある温水プール施設にしたら楽しそう。

あ、施設を作る前に、性能のいい水着が必要かなぁ。

沐浴する際に着る沐浴着はあるけど、水着はないもんね。

ミネルオーの毛は水着に向いていそうだけど、毛糸自体が希少だからもっと他に手軽で最適な毛糸はないだろうか。ユセフさんに聞いてみちゃう？

「あ、あの、フィル様」

考え事をしている俺に、カイルが少し慌てた様子で声をかけてきた。

「ん？　どうした……の！」

カイルを振り返ろうとした俺は、ビクッと体を震わせる。

身を屈めて俺をじっと見つめる父さんと、至近距離で目が合ったからだ。

び……っくりしたぁぁぁ！

バクバクしている心臓あたりを、両手で押さえる。

「な、なんですか？　父さま」

「何か考え事をしているようだったのでな」

俺の表情を探るように、さらにじっと見つめてくる。

「ふふふ、楽しいことを考えていたみたいだね。何を考えていたの？」

反対側にいたアルフォンス兄さんが、笑顔で俺の頬をぷにぷにとつつく。

こ、これはまずい。いや、温水プール案自体は良い内容だと思うのだ。

でも、これを話したら、きっとダグラス宰相に伝わって、温水プールプロジェクトが始まっちゃうよなぁ。

いずれはできたらいいなとは思っているが、それはいずれの話。

共同浴場などの工事が終わり、これからようやく城のお風呂工事に着工する予定なんだから。

ただでさえ、一般用の貸し切り風呂の案を漏らしたばかりだ。これ以上、城のお風呂を後回しにされては困る。

「にゃ、にゃにも考えてないりぇすヨ」

頬をつつかれながら否定したら、語尾が裏返った。

そんな俺を見て、父さんは深くて長いため息を吐く。

「城に帰ったら聞かせてもらおう」

あぁぁ！　否定したのにぃ！

城に帰ったら、ホタルたちとゴロゴロするというとても大事な予定があるのにぃ。

ガックリする俺を、アルフォンス兄さんが頭を撫でて慰《なぐさ》める。

城に帰ってから妄想すれば良かった。

父さんは姿勢を戻し、ユセフさんたちを振り返る。

「さて、次は宿泊施設を案内しよう」

ユセフさんたちは俺たちがなんの話をしていたのか気になっているみたいだったが、宿泊施設視察の誘惑には勝てなかったのかその提案に頷いた。

宿泊施設は、共同浴場の向かい側にある。三階建てで、平民用と貴族用の棟《むね》が並ぶ形だ。

王族用の宿泊施設は、この通りから少し外れた閑静な場所にある。

俺たちはまず平民用の施設へと入った。

団体の受付対応ができるようカウンターは長めで、そこに受付スタッフがズラリと並んでいる。

「ようこそいらっしゃいました」

ピシッと揃って頭を下げたのを見て、おじいさんとユセフさんたちが感嘆の息を吐く。

「建物の大きさも驚いたが、これほど長い受付も初めてだな」

「それに、先ほどの共同浴場同様に、接客が素晴らしいです」

世界各国を訪れているおじいさんやユセフさんが驚いているということは、ここまでの規模の宿屋は他国にはないのかな。

「うわぁ、すごい。平民用なのにこんなに素敵なの？」

「ロビーが広いわね。装飾も可愛いわ」

「カフェとしても使えるみたいだね」

「貴族の宿泊施設も同じかな？」

カウンター脇のロビーを見回して、ライラとアリス、トーマとレイが弾んだ声で話している。

上々な反応に、俺とアルフォンス兄さんは微笑む。

「内装は少し違うけど、貴族側の宿泊施設も造りは一緒だよ。ここは喫茶としても、待ち合わせや、受付の対応待ちの時にも使えるんだ。それから、催《もよお》し物を行う場所としても使うよ。だから、広く設計したんだ」

年中気候が変わらないグレスハートだからこそ、イベントを行うことで季節感を楽しんでもらいたいもんね。

「ちなみに、オープンからひと月は、婚姻を祝した催しを行う予定だよ」

そう説明しながら、俺はロビーに飾り付けられた装飾を指さす。

ウェディングをイメージして、リボンやお花、レースのカーテンが飾られている。

「この飾りは婚姻式のイメージなのね！」

「なるほど。白を基調として、青と緑が入っているのは両国の国旗の色だからね」

「とても華やかで可愛らしいです」

アリス、ライラ、ミゼットは合点がいった様子で頷く。

「期間中は、私やルーゼリア、グレスハートやコルトフィアをイメージした飲み物を、ここのカフェで出す予定なんだ。無料で飲めるから、楽しんでね」

微笑むアルフォンス兄さんに、ライラやレイは笑顔で大きく頷く。

「両殿下や二国をイメージされた飲み物、とても素敵ですね」

「早く飲んでみたいです！」

おじいさんも相槌を打ちながらにっこり笑う。

「ほぉ、それは楽しみだなぁ」

「……侯爵は宿泊しないから関係ないのではないか？」

父さんが不安げな顔でそう聞くと、おじいさんは笑顔で答える。

「実は、陛下には申し上げていなかったのですが……。貴族側の宿泊施設を予約していらっしゃる、カレニア国のハーフワット伯爵と仲良くなりまして。余分に部屋を予約してしまったというので、使わせていただく予定なのです」

「ジョルディ・ハーフワット卿といえば、かなり気難しいことで有名なのですが……」

信じられないといった様子のユセフさんに、おじいさんはキョトンとする。

「そうなのかね？　旅の話をしたら、すぐに打ち解けたよ。とても楽しい御仁《ごじん》でね」

そう言って、にっこりと笑った。

「……ハーフワット伯爵様も、フィル君のおじい様の虜になっちゃったのね」

ライラはそう呟き、カイルとレイが大きく頷く。

「さすがご隠居様だ……」

「人タラシの天才だな」

人のおじいさんを、タラシっていうのはやめて。事実だとしても。

「陛下、宿泊したおりには、感想をまとめて報告いたしますぞ」

にこにことそう言うおじいさんに、父さんは額に手を当てて「わかった」とため息を吐いた。

脱力する父さんを見て、俺は雰囲気を変えるために元気な声で言う。

「し、視察を進めましょう！」

食堂と宿泊施設用の大浴場のあとに、各タイプの部屋を案内するという流れだ。

部屋の種類は、シングル、ツイン、トリプル、クアッド、スイートルーム。それから、団体で使える大部屋がある。大部屋以外の部屋は、リゾートを意識したアジアンテイストでまとめている。

これは、貴族側も同じだ。

アルフォンス兄さんとルーゼリア王女と一緒に視察に来た時は、内装工事が終わったばかりで何も置いてなかったんだよね。

今はベッドやクローゼット、テーブルと椅子などの家具が置かれている。

「先ほど案内したように、食堂や共同のお風呂は別にあるので、平民側の客室にはゆっくり休むためのベッドとテーブルセットしかありません」

「貴族側の客室はそれに加え、お風呂がついています」

俺とアルフォンス兄さんの説明を聞きながら、ユセフさんが部屋の中を見回して息を吐く。

「この家具は、トリスタン家が納品したものですね。いただいた条件に合う家具を見つけて納めましたが、正直……もっと……」

「簡素な部屋になると思っていましたか？」

俺が首を傾げて尋ねると、ユセフさんは困り顔で笑う。

「私が知っている平民の宿屋は、そういうものですから。特に納品したのが装飾のない家具でしたので、正直もっと慎《つつ》ましやかな部屋になるのではと想像していました」

普通はそうなんだよね。平民がよく利用する宿泊施設の大半は、家具が飾り気のない木製で、布団なども無地の白が多い。

今回うちが納品してもらったのは、装飾がないものだけどデザイン性のある家具と、綺麗な青に染められた布団やカーテン。

一見するとシンプルだけど、組み合わされば高級感を演出できるように計算してある。

テーマは、グレスハートのリゾートホテルだ。

「とても素晴らしいですね」

「ここなら、何度も泊まりに来たくなります」

上々な反応に、俺とアルフォンス兄さんと父さんは微笑み合う。

俺とアルフォンス兄さんはユセフさんたちの質問に答えつつ、各タイプの部屋を見て家具の配置やアメニティグッズの確認を行っていく。

「最後は大部屋になります。使用人用に大部屋を予約されていましたよね？」

アルフォンス兄さんが尋ねると、ユセフさんとアミルさんは「はい」と頷いた。

ユセフさんは平民用の宿泊施設で、家族や従業員用にツインやトリプルの客室を数部屋と、船員たちのための大部屋を二部屋予約している。

アミルさんは貴族用宿泊施設の客室の他に、平民用宿泊施設に使用人たちのための大部屋を一つ予約していた。

貴族用の宿泊施設には、客室の隣に使用人用の部屋がついているのだが、それは貴族たちの身の回りの世話をする専用メイドや護衛騎士が使う。それ以外の使用人は、一般宿泊施設の部屋を使うらしいんだよね。

「こちらへどうぞ」

アルフォンス兄さんが微笑んで、部屋の扉を開けた。

畳敷《たたみじ》きの広い部屋を見て、皆が驚く。

「おぉぉぉ！　でっかいワシツだ！」

「すごーい！　もしかして、さっきの共同浴場の休憩室と同じくらいある？」

「このお部屋なら、ゴロゴロし放題だね！」

レイ、ライラ、トーマがわっと盛り上がりながら、部屋の上がり口で靴を脱いで中に入る。

「入る時は、先ほどの共同浴場と同じように、靴を脱ぐのか？」

おじいさんに言われて、俺は上がり口の横の看板を指さした。

「はい。畳は土足厳禁なので」

おじいさんたちは頷いて、子供たちに倣って靴を脱いで中に入った。

部屋を見渡して、ユセフさんたちは口をポカンと開ける。

中には窓側にローテーブルと重ねられた座椅子があるが、それ以外には何もなかった。広さは共同浴場の休憩所と同じくらいだが、テーブルなどが少ないためより広く感じられる。

「ほぉ、部屋一面にタタミが敷いてあるのか」

おじいさんは膝をついて、畳の表面を撫でる。

「寝転ぶと気持ちいいですよ」

「あわわ、トーマ！　皆様の前で床に寝るなんて！」

畳に横たわるトーマに、ロブさんは慌てる。

俺は笑って、ロブさんに言う。

「いえ、先ほどの休憩所は共同の場所でしたので、小上がりになっているところでしか寝転がれませんでしたが、ここは部屋になっているので大丈夫ですよ。和室は基本的に床でくつろぐものですので」

「学校にもワシツがあるんですけど、よく寝転んでいます。気持ちいいんですよ」

レイがトーマの隣に寝転がると、おじいさんもその横に転がった。

「わははは！　本当だ。これはいいな！」

無邪気。……侯爵なのに、躊躇なく寝転んじゃう柔軟さ、すごいな。

父さんはまたしても額に手を当てて苦悩しているけど。

「そ……そんなにいいんですか？」

呆気にとられていたユセフさんが、おじいさんに尋ねる。

「木や石の床で寝転ぶのとは、格段に違う。草の香りに癒《い》やされるよ」

目を閉じて、おじいさんは深呼吸する。そのまま寝ちゃいそうなうっとり加減だ。

「わかります。この草の香りが落ち着くんですよね」

レイが寝転がったまま言い、トーマはくすくすと笑う。

「このままお昼寝しちゃうことあるよねぇ」

すると、おじいさんはカッと目を開けて、俺に向かって言った。

「私の邸宅にもタタミ欲しい！」

……言うと思ってた。

でも、欲しいと言われても、畳は特注。そんなにすぐには届かないんだよなぁ。

俺が困っていると、アルフォンス兄さんがにっこり笑って言う。

「ご安心を。おじい様のために、すでに発注しておりますので。間もなく到着するかと」

いつの間に……。さすがアルフォンス兄さん、ぬかりがない。

「おぉぉ！　タタミが邸宅にっ！」

寝そべりながら畳を触るおじいさんに、レイたちが大きく笑う。

「良かったですね」

その様子を見て、アミルさんがボソッと呟く。

「今日が会って二回目なのに……仲が良い」

無表情なのに、どこか物憂げなのは気のせいじゃないだろう。

レイ、のんびり寝転がってないで気づいて！　お父さん寂しそうに見てるよ！

ミゼットもそれを察したみたいで、俺と一緒にレイに小さくジェスチャーで合図を送る。

それを見たレイはハッとして立ち上がり、真面目な顔で部屋を見回した。

「そういえば、タタミの部屋ってベッドはないのか？　これから搬入されるのか？」

……違うんだ。お父さんが見ているから、寝転がるなって言いたかったんじゃないんだ。

今更キリッとしたって遅いんだ。

こじらせレイにガックリしつつ、俺は答える。

「畳の部屋にベッドは搬入されないよ。畳の上に寝具を敷いて寝るんだ」

「つまり、タタミにそのまま寝る感じか？」

「そのままとは、ちょっと違うかな」

なんて説明しようか迷っていると、アルフォンス兄さんが俺の肩をつついて微笑む。

「テストもかねて、実際に設置してみたらわかりやすいんじゃないかな」

そう言って、控えていたスタッフに合図を出した。

スタッフ二人が前に出てきて、押し入れから折りたたみマットレスと布団一式を出し、畳の上に設置する。

皺《しわ》一つない完璧な仕上がりな上に、一つ布団を設置するのに二分もかからなかった。

「これはすごいです！　あっという間に低いベッドが出来上がるなんて！」

ロブさんが手際の良さに拍手を送る。

俺やアルフォンス兄さんが微笑んで頷くと、スタッフたちはホッと安堵の息を吐く。

マットレスの厚みは十五センチ、その上に布団を敷くので、一般的な日本の布団よりも高さがある。これは、こちらの世界の人が、ベッドに慣れているからこその配慮だ。

「おぉぉ。これは面白い。立派なベッドじゃないか」

おじいさんはそう言いながら目をキラキラさせ、アミルさんとユセフさんが感心する。

「床に寝ると聞いて少し戸惑いがありましたが、設置されたものを見るとまったく気になりませんね」

「使っている寝具に高級感があるからでしょうね」

良かった。かなりの高評価。

アルフォンス兄さんが「ベッドより低い位置に寝ることは、身分の低さを意識して良くないかもしれない」と言っていたから、ちょっと心配な部分ではあったんだよね。

そのアドバイスをもらって、マットレスを厚めにし、敷き布団は清潔感のある白、掛け布団はシックで高級感のある深い青に染めて、四隅にはポイントで金糸の刺繍を入れている。

「大部屋と聞いていたので、たくさんのベッドが並んでいるかと思いましたが、これはいいですね」

「普段は部屋を広く使い、寝る時だけこれを用意すればいいのですからとても便利です。ベッドメイキングにも時間がかかりませんし……」

「マットに折りたたむための区切りがあるのも素晴らしいですね！　たたむのも、出し入れも楽です！」

ロブさんが興奮しつつ、マットをあらゆる角度から観察している。

先ほどのシャワーの時もそうだったが、職人の癖なのか道具の仕組みとかに興味があるみたい。

その姿は、動物を見ているトーマとそっくりだった。

「いいなぁ。これも欲しい……」

……おじいさんが呟いている。

アルフォンス兄さん、もしかしておじいさんのために布団も用意してくれているかな？

チラッと兄を見上げると、微笑みが返ってくる。

当然のごとく用意されているらしい。どこまでも有能である。

それから俺たちは、貴族の宿泊施設と王族の宿泊施設のあるエリアへ。

王族の宿泊施設は、通常ならば皆は入ることができない場所だ。

こちらはコンドミニアムタイプで、それぞれプライバシーが確保されている。

壁で区切られている区域には、中庭付きのコンドミニアム、それとは別で食事処と大きなお風呂の建物がある。

豪華な造りのお風呂に対する反応も良かったが、それよりも皆が興味を持ったのは食事処だった。

この食事処にはダイニングテーブルの前に鉄板やキッチンがあって、希望があればライブキッチンとして使えるようにもなっている。

王族は自分の口に入れるものに対して敏感だから、目の前で作られたもののほうが少しは安心かなって思ったんだよね。自国のコックを連れてきていたら、そこで作ってもらってもいいし。

一通りの視察が終わると、一番端にいたロブさんが深々とお辞儀をする。

「大変勉強になりました。職人として、刺激を受けることばかりでした。国王陛下、アルフォンス殿下、フィル殿下ありがとうございました」

「楽しんでもらえたなら良かった」

父さんがそう言葉をかけ、アルフォンス兄さんと俺は微笑む。

続いて、ユセフさんが一礼する。

「今日は大変貴重なものを見せていただき、ありがとうございました。他国で共同浴場の支店を出す際は、ぜひお知らせください」

支店って。そんなことできるの？

そう思ったが、俺の窓口は父さんたちなので、口を噤む。

「まだ我が国でも開けていないのに、他国に出店とは気が早いな」

「常に先を見据えるのが商売人ですので。その他にも新製品、新商品を作る際に、何か必要な材料がございましたらお申し付けください。直《ただ》ちに仕入れてまいりましょう」

そう言って、ユセフさんはにっこりと笑う。

表向きは父さんとアルフォンス兄さんに言っているように見えるけど、俺に向かって言ってるよね？

俺がチラッと父さんたちの反応を見ると、父さんは小さく息を吐いた。

「……手が必要な時は、連絡しよう」

意味合いに気付きつつも、握手を交《か》わすことにしたようだ。

最後に、一礼したのはアミルさんだった。

「今日はとても有意義な時間を過ごさせていただきました。視察内容はもちろんのこと、それを通して息子の日常を見ることができた喜びに、私もずいぶんはしゃいでしまいました」

静かに言うアミルさんに、俺たちの間に沈黙が落ちた。

「喜んでたの!?　はしゃいでたの!?　どのあたりが!?」

俺たちが内心ツッコんでいたことを、息子であるレイが言ってくれた。

驚きすぎたせいか、素《す》が出てしまっている。

「結構顔に出していたつもりだったが……」

無表情で自分の頬を触るアミルさんに、レイは困惑する。

「全っ然わからない」

すると、そのやり取りを聞いていたユセフさんが、口元を押さえて笑う。

「アミル殿は感情が表情に出にくいですよね。長年親交を深めている私にも、正直わからない時がある。しかし、言われてみれば、今日のアミル殿はいつもより口数が多かったですね」

「いつもよりって言われても……。ユセフおじさんほど、話さないからわからないですし……」

レイはそう言って、顔をそらして俯《うつむ》く。

「今からでもお話しすればいいじゃないですか」

ミゼットはレイにそう言うと、アミルさんに深々とお辞儀する。

「伯爵様、差し出がましいことを申しますが、お二人はもっと会話なさるべきです。思う気持ちがあっても、言葉にしなければ通じませんよ。一番心配なさっている奥様のためにも、お願いします」

キッパリ言うミゼットに、レイとアミルさんは呆気にとられる。

そんなミゼットの姿を見て、カイルがアミルさんに向かって言った。

「あの……レイの日常を見たと先ほど言っておられましたが、今日のレイは結構優等生を装ってましたよ。普段のレイは頭良いけど、かなり不器用で、授業でいろいろやらかしたりしています」

突然の暴露《ばくろ》に、レイは「なっ！」と声を漏らす。

「やらかしを……？」

アミルさんの反応を見て、俺はカイルの意図に気付き、それに便乗することにした。

「そうだよね。お風呂の掟に書いてあることは守るってさっき言っていましたけど、書いてないことは守らないです」

そう言った後、アリスとトーマとライラに目くばせをする。察したアリスが言いづらそうに話す。

「えっと……料理が壊滅的だって聞いています」

「絵も独創的なんです。夢に出てくるくらい」

考えつつトーマが言い、ライラは指折り数え始める。

「女の子に弱いでしょ、それで他の男の子とトラブルになってるでしょ、告白しては振られるを繰り返してるし、すぐ調子乗るし、あと……」

「ライラは多いな！　いい加減やめろ！」

レイが叫ぶと、ライラは「まだあるのに……」と眉を寄せる。

「そんな奴だけど、レイはとても友だち思いです」

カイルが言って、俺たちは頷いて微笑む。

「とても優しいです。明るくて。だから、憎めない。アミルさんにも今日だけじゃなくて、そんなレイの素顔をもっと知ってもらいたいです」

「レイの素顔ですか？」

アミルさんは相変わらず無表情だったが、少し動揺しているように見えた。

俺は言う。

「カイルが言ったように、今日のレイはかなりいい子でしたから」

「フィルだってそうだろ。この中で一番、渦中《かちゅう》に……むぐっ」

レイが俺の暴露を開始しそうだったので、俺とカイルが揃って口を塞《ふさ》ぐ。

「渦中ってなんだ？」

興味を示した父さんに、俺とカイルはキリッとした顔で答える。

「大丈夫です！」

「全部、報告済みの件です！」

睨むレイを解放し、コホンと咳払いをする。

「とにかく、ミゼットが言ったように、たくさんお話をしてくださいってことです」

そう強引に話をまとめる俺だった。

アルフォンス兄さんは、そんな俺たちを見て微笑む。

「私も父も、アミルさん同様、フィルと友だちの様子を見られて、とても楽しかったです。できるだけ話をしたり、手紙を交換したりしていますが、こんなにも知らない顔を見られるとは思いませんでした」

父さんはチラッと俺を見て、それからため息を吐く。

「……そうだな。知っているつもりで、知らないことが多そうだ」

俺は何もないよというように、ニコッと笑った。信じてくれたかはわからないけど……。

おじいさんは深く頷いて、それからアミルさんに向かって言う。

「うむ。子供の成長は速い。アミル殿、ヒナを守るための頑丈な巣作りも大事ですが、巣ができた時にはもう、ヒナは巣立ってしまったあとかもしれませんぞ」

皆に説得されたアミルさんは、頷きつつもまだ少し躊躇《ためら》っているようだった。

レイは深呼吸すると、アミルさんを見つめる。

「父さんの立場が、複雑な状況だってのはミゼットちゃんから聞いてる。家のことを話してもらえないのは、多分俺のことを弱いと思っているからだと思うけど。なんにも知らされないのは嫌なんだよ」

苦しげに言うレイに、アミルさんは首を横に振る。

「弱いなんて思ってない。守るつもりで傷つけてしまっていたから、会わせる顔がなかったんだ。……これからは、少しずつ話そう」

アミルさんが手を差し伸べると、レイはおずおずと手を握った。

「口下手なのはわかった。よくわかったから、まずは天気の話とかからでもいいよ。何か一緒のことしたりさ」

照れくさそうに笑ったレイに、アミルさんは尋ねる。

「一緒のこと……じゃあ、オフロは？」

「それはまだ無理」

キッパリ断るレイに、アミルさんは微かに笑った。

「ふっ、まだ無理か」

断られたけど、アミルさんはなんだか嬉しそうだった。

## 7

今日はレイたちと一緒に、新しくできた劇場に来ていた。

婚姻式の前後二週間は、劇団ジルカによる婚姻祝賀公演が毎日公演されることになっている。

劇団ジルカといえば、コルトフィア王国のサルベールに劇場を持つ劇団だ。

最新の時事ネタを取り入れる自由さ、脚本の面白さ、役者の演技力や歌唱力、どれをとっても素晴らしく、王族や貴族や平民に至るまで皆を夢中にさせている。

その劇団ジルカが、グレスハートの新劇場に毎年定期公演をしに来てくれると契約してくれた。

ジルカの劇団員はもともと孤児院出身なんだけど、昔ルーゼリア王女に人生の指針となる言葉をかけてもらって以来、恩義を感じているそうだ。

そのルーゼリア王女がこちらに嫁ぐことを知って、今回契約をするに至ったらしい。

グレスハート新劇場の初興行を行うのが劇団ジルカであり、しかも祝賀公演用に作られた新作をやると報じられるやいなや、チケットは全ての公演日で即完売。

しかし、グレスハート王族専用のボックスシートがあるので、俺の家族とその関係者はチケット予約なしでいつでも観劇できるのだ。

他の観客の皆さんには申し訳ないけど、めちゃくちゃ嬉しい。

このボックスシートはベストな位置にあり、劇は観やすいのに他の観客席からこちらが見えないように作られている。これは狙《ねら》われにくくするための工夫だ。

ちなみに覗き窓があるので、こちらからは劇場内がよく見渡せるようになっている。

しかも、通路も別に作られているので、誰にも会うことなく会場に出入りできるのだ。

おかげで平民服の俺や友だちも、人目を気にしないでいられるってわけ。

観劇を終えて、レイたちと感想を話しながら通路を歩く。

「イーゼ姫とアルバート王子、素敵だったわねぇ」

感動で胸がいっぱいなのか、ライラは胸を押さえながら息を吐く。

「俺はやっぱり、アジトに潜入して敵を捕まえるところが格好良くて好きだったな！」

「あの場面良かったよねぇ。僕、召喚獣たちにびっくりしたよ。動物の動きが本物みたいで、とても人が演じているとは思えなかった！」

レイとトーマが興奮気味に言うと、ライラが唸る。

「そこも良かったけど、同じアジトの場面ならアルバート王子が敵の正体を暴《あば》くところが最高じゃない？」

「「確かに〜！」」

そんな風にレイとトーマとライラはあの場面が良かった、この場面が良かったなどと盛り上がっていた。

イーゼ姫は可憐《かれん》でありながら、剣を持って戦う勇ましさがあったし、アルバート王子の強く賢く、皆を先導する姿は格好良かったよね。

観劇自体はめちゃくちゃ楽しかった。でも、俺とカイルはちょっとヒヤヒヤしていた。

するとアリスがレイたちに聞こえないように、ヒソヒソと俺たちに尋ねる。

「私もアジトの場面が格好良いって思ったけど、あんな感じだったの？」

そういえば、あの時アリスは宿屋に待機していたんだっけ。

「あぁ、まぁ……そうだな」

カイルが疲れた顔で頷き、俺はぎこちなく笑う。

「近からず、遠からず？」

今回の祝賀公演のタイトルは『王家の指輪物語』。

盗まれた婚姻の証《あかし》となる王家の指輪を取り戻し、晴れて二人は婚姻式をあげるという内容。

レイたちは知らないけど、これは実際に起こった事件を元にしている物語だ。

ルーゼリア王女に恋していたバスティア王国のジョルジオ殿下が、手下を使ってルーゼリア王女の指輪を盗み、成人の儀式に参加するのを遅らせようとしたんだよね。

他にもアルフォンス兄さんの悪い噂を流して、破談にさせようとしたとか。

王子様が起こした事件だからなのか、物語では首謀者が宰相の息子に変えられていたり、登場人物の名前が変わっていたり、いろいろ脚色されてはいた。

だから、観客も本人たちの物語とは思わないだろうが、やはり名前が近い分、本人たちと重ね合わせる人もいるわけで……。

それが、当事者としては、ひどく心臓に悪い。

劇団ジルカにも事件解決の際には協力してもらったから、事後に真相を軽く話した。ただそれだけで見てきたかのように再現するなんて……すごすぎる。

っていうか、気になるのは物語の俺の役だよ。

「アルバート王子たちにくっついている、妖精さん可愛かったわねぇ」

「一番大活躍してたんじゃねぇ？　人質を取られて敵の手下になっていた盗賊団を説得して仲間にしたり、その盗賊団の人質を救出に行ったりさ」

「僕、あの妖精さん好きー！」

ライラたちは、盛り上がっていた。

……その妖精さんの立ち位置、絶対俺だよね？

なんで妖精さんになってんの!?

確かに、俺が作戦に参加できたのはコクヨウやヒスイがいるからで、普通の子供がアジトにいたらおかしいかもしれないけど。

肩を落とす俺に、カイルとアリスが慰めるような眼差しを向けて頷く。

「それにしても、ミゼットちゃんも来れば良かったのになぁ」

「そうね。こんな機会なかなかないのにね」

レイとライラは残念そうに話す。

今日の観劇にミゼットも誘ったのだが、新学期の予習をするとのことで断られてしまった。

ミゼットが申請している学費全額免除は、規定が特に厳しいから、できる限り時間を作って勉強しているらしい。

元より聡明な子だけれど、努力も怠《おこた》らないっていうのはすごいよね。

「滞在中に観劇したいなら、ボックスシート使ってもいいよ。父さまに言っておくから。ミゼットや、お父さんお母さんがお暇な時に」

俺がにっこり笑うと、レイの顔が引きつる。

「ミゼットちゃんとか母さんはいいけど、父さんかぁ。誘ったら来るかな」

頭を掻くレイに、アリスは微笑む。

「誘ってみるだけ誘ってみたら」

少しずつでも一緒の思い出が増えるといいよね。

そんなことを話しているうちに、劇場の出口までやって来た。

「フィル様、お待ちください。出る前に、帽子をお忘れですよ」

先に出口付近の確認に行っていたカクさんが、俺の姿に気がついて指摘する。

「あ、そうだ。帽子、帽子」

今日は王子変装ではなく、ノビトカゲ帽子に平民服の格好だ。

この帽子が結構優秀で、俺の特徴である髪色を綺麗に隠してくれる。

内側がメッシュになっていて熱を逃がす仕組みだから、マントのフードを目深にかぶるより遥かに涼しいんだよね。

ノビトカゲ帽子をかぶり、劇場の裏口から裏道を通り、劇場前の広場に出る。

広場はたくさんの人で溢れかえっていた。

婚姻式の日が近づくごとに、人が増えている気がする。

いろんな国の人がいるなぁ。

洋装に交じっていろいろな民族衣装の人たちがいて、グレスハートではないみたいだ。

そんな中に、俺以外にもノビトカゲ帽子をかぶっている子供がいた。

この帽子をかぶっている子も増えたよねぇ。

今年の山神祭りは、黒い海藻料理やノビトカゲグッズで、かなり話題になっていたらしい。

俺たちは初日だけしか参加しなかったが、海藻料理が癖になったのかリピーターが続出。最終日は例年の三倍もの人が押し寄せたという。

この帽子もお祭り二日目の午前中には、完売しちゃったらしいもんね。

つまり、この帽子をかぶっている子たちは、帽子を買えた勝者。お祭りが終わってからも街中でこうしてかぶっているのは、ステータスを表す意味もあるんだろう。

マイナーだった山神祭りの認知度は、今回でかなり上がったと思う。

もしかして、今後の宿泊施設のイベント候補に、山神祭りやノビトカゲも入ってきちゃったりして。

ノビトカゲ帽子をかぶっている子たちを見て、くすっと笑う。

その時、アリスがふと身を屈めて、何かを拾った。

「これ……落とし物かしら？」

アリスは自分のハンカチで、拾ったものの汚れを拭《ふ》きとり、俺たちに見せる。

それは、小さなブレスレットだった。

「銀製のブレスレットね。丁寧《ていねい》な造りで、装飾を見るにグラント大陸のものかしら」

「貴族の小さな女の子のものかな？」

「多分そうかも」

ライラとレイの会話を聞き、俺たちは該当者がいないか見回す。

「劇場前だから、人が多くてわかりませんね」

スケさんが、あたりを見回しながら言う。

「銀製で高価だし、ここで落とし主に呼びかけるのもまずいわよね」

違う人がこれ欲しさに手を挙げる可能性もあるもんね。

それに、見たところ一見問題はなさそうだが、あとで破損や傷が見つかった場合、あらぬ疑いをかけられる場合もある。

「こういう時は、近くの交番に届けたらいいんじゃない？」

俺の提案に、アリスとトーマは「ああ」と頷いた。

「そうね。落とした人も気がついたら、まずは交番に行くわよね」

「『困ったことがあったら交番へ』だもんね」

交番はグレスハートに最近できた、街の警備システムだ。

グレスハート王国といえば、大きな事件がほとんど起きない平和な国。だけど、観光客が増え始めれば、いろんな国の人も来るし、トラブルは避けられない。

そこで父さんとグランドール将軍とダグラス宰相に提案し、交番システムを導入してもらった。

交番が近くにあればトラブルが大きくなる前に対応できるし、困ったらすぐ相談できる。

それに、衛兵が常駐していることで犯罪の抑止力にもなるもんね。

街の中心にある大きな衛兵所はそのままに、各所に交番を設置してもらった。交番には衛兵所から派遣された衛兵が数人、交代で常駐している。

交番が報告を衛兵所に上げ、それがまとめられて城に届けられる仕組みだ。

港では観光客に向け『困ったことがあったら交番へ』と呼びかけているし、グレスハートのあちこちに置いてある無料配布の観光ガイドにも交番の説明が書かれている。

周知は徹底しているはずだから、落とし主もまずは交番へ向かうだろう。

「そうとなったら、早く交番に届けに行こうぜ。落とした女の子が見つからずに泣いているかもしれないし」

そう言って、レイはここから一番近い大通り交番の方向を指さす。

レイは女性の涙や、悲しみに対して敏感だ。

父親がいない間、ずっとお母さんを守ってきたからなのか、困っている女性がいたら放っておけない性格なんだよね。

ただ、付き合っている彼女には、その行動が軽薄だと思われちゃうみたい。それが原因で、よく振られている。

ん〜、レイの場合は誰にでも全力で優しくしちゃうからなぁ。

困っている人がいる時は、純粋に助けになりたいだけみたいだけど。そこに恋愛感情がないかは、傍目《はため》からではわからないもんね。

レイの性格や事情を知っている女の子だったら、上手くいくのだろうか。

交番へと向かうレイの背中を見ていた俺は、チラッと横を見る。

「ん？　どうかしたの？　フィル君」

ライラと視線が合って、俺は慌てる。

「あ……いや、……さっき、よくブレスレットを見ただけで、持ち主がどういう人かすぐわかったなぁって思って。なんでわかったの？」

嘘ではない。うん。疑問はあったし。

「それ、僕も思ってた。貴族の小さい女の子なんて、どうしてわかったの？」

不思議そうに尋ねるトーマに、ライラはくすっと笑う。

「それはね。ブレスレットに、特有の模様が描いてあったからよ。あの模様は、幼い子を守護する意味合いがあるの。しかも、形が女の子用。輪は小さいけど、サイズが赤ちゃんや幼児よりも少し大きいなって」

それを聞いて、俺は納得する。

「レイも模様のことを知っていたのか？」

カイルが尋ねると、レイは首を振った。

「いや、俺は模様のことは知らなかった。俺がそうだと思ったのは、そのブレスレットのデザインが、最近流行《はや》っている形だからだよ。五、六歳の小さな女の子に人気なんだってさ」

「よくそんなことまで知ってるね」

「五、六歳の女の子の流行まで把握しているのか」

俺とカイルが若干引いていると、レイは慌てる。

「そんな顔すんな！　妹のいる子が言ってたんだよ。フィルたちだって装飾品の知識は持っておいたほうがいいぜ。真面目な話、お話しするきっかけにもなるし、褒める時に失敗が少ない」

少し胸を張って、得意そうに教えてくれた。

「うーん、話題かぁ」

レイのお母さんと話した時も、装飾のエティムに気がついて話が広がったもんなぁ。

「でも、流行りとか全然わからないんだよねぇ」

俺が困りながら言うと、カイルやトーマは「俺もです」「僕も」と渋い顔で頷く。

自分の服だって、着心地良くて動きやすければいいってタイプの俺たち三人である。

「素敵って褒めてくれるだけでも嬉しいと思うわ」

アリスの言葉に、ライラは大きく頷いた。

「うんうん。あと知識はあっても邪魔じゃないけど、語りすぎるのはやめておいたほうがいいわ。過去にそれが原因で振られていたから、レイが」

「なっ！　なんで知ってんだよ！」

驚愕するレイに、ライラは肩をすくめる。

「たまたまその現場が、移動教室の通り道だったからよ。レイは打ちひしがれて、私に気づいてなかったみたいだけどね。あの時は言えなかったけど、知識のひけらかしは嫌がられるわよ」

「言うな！　あれで学習したんだから！」

レイはギリギリと悔しそうに歯ぎしりをする。

うーむ。知りすぎてるのもダメだなんて、難しいなぁ。

そんなことを考えているうちに、広場と大通りの境目にある交番が見えてきた。

新しく建てられたばかりだし、壁が漆喰《しっくい》で塗られているから、太陽の光を受けて眩しいほどに光り輝いている。

その時、隣を歩いていたカイルが小さく唸る。

「フィル様、あの子は何をしているんでしょうかね？」

「あの子？　どの子？」

カイルが指さす方向を見ると、女の子がベンチの陰に隠れつつ、望遠グラスで何かを見ていた。

年齢は俺と同じくらいかな？

「平民服を着ていますが、どこかのご令嬢だと思うんです」

カイルの言葉に、スケさんは頷く。

「ああ、あの護衛の数なら、間違いないだろうな」

スケさんの言う通り、少女の後ろには六人の男たちが控えていた。彼らも平民の服を着ているが、様子から明らかに護衛か騎士なのがわかる。

体付きが屈強だし、鋭い眼光であたりを警戒しているのだ。

……目力と圧がすごい。

「体付きからして、腕の立つ護衛なのはわかるが……。護衛の選択を間違えているな」

渋い顔で言うカクさんに、俺たちは「確かに……」と深く頷く。

表立って護衛する場合なら、ああいった屈強な体格でもいい。一目で敵《かな》わないと思うから、事件そのものが起こりにくいからだ。

ただ、お忍びで歩く場合は、スケさんたちのようにスレンダーで腕が立つタイプがいい。

あまりに目立ちすぎると、要人を護衛しているのではないかと気づかれてしまうもんね。

どうしてもああいうタイプをつけたいなら、遠くで見守らせて何かが起きたらすぐ駆けつけさせる方法もあるけど。

ん～、でも、危ないかなぁ。

それなりに剣術や体術に長《た》けている人ならいい。護衛が駆けつけるまでの間、自分で対処できるからだ。

ただ、あの子の場合、対処する前にあっという間に連れ去られてしまいそう。

「それにしても、何を見ているのかしら」

アリスの言葉に、皆が少女の視線の先を辿る。

望遠グラスや顔を動かさないということは、動かないものを見ているんだよね？

視線の先にあったのは交番だった。

「……交番？」

俺が呟くと、アリスが首を傾げて言う。

「もしくは、交番の前に立っている衛兵さんとか？」

衛兵も動かないもんね。その可能性もあるか。

ライラは少女を見つめ、微妙な顔で低く唸る。

「望遠グラスを真剣な眼差しで覗いているのを見ていると、あの子を思い出すわね」

あの子というのは、おそらくステア王立学校一年のキャルロット・スペンサーだ。

ご令嬢ながら、木に登って片思い相手のカイルを観察していた子である。

だが、ふわふわした巻き毛は一緒でも、キャルロットは赤い髪、少女は金髪だった。

「キャルロットちゃん以外にも、似たようなことする子はいるんだなぁ」

「本当ですね……」

俺とカイルはしみじみと呟く。そんな俺たちに、ライラは明るい声で言った。

「とにかく、落とし物を届けに行きましょ」

そうだよな。理由は気になるが、もしかしたら、衛兵さんじゃなく、交番自体が気になるだけかもしれないし。あれだけ見られているんだから、すでに衛兵さんも声をかけているはずだ。

気を取り直して交番へと向かうと、立っていた衛兵が俺を見てハッとする。

敬礼をしかけて、この格好の時は礼を控えることを思い出したのだろう。すぐに姿勢を正した。

そして、ヒソヒソと俺に話しかける。

「今、他に人がおりませんので、どうぞ中にお入りください」

「え……いや……」

手続きはカクさんに頼んで、待っていようかと思ったんだけど……。

しかし、衛兵に「どうぞどうぞ」とすすめられるので、促されるまま交番の中に入った。

入ってすぐの部屋には真ん中に机と対面に置かれた椅子があり、隅にはソファが置かれている。

奥にもう一部屋あって、そこは衛兵の休憩所になっていた。

椅子に座っていた衛兵が、俺を見て音を立てて立ち上がる。

「少々お待ちください！」

そう言って、慌てて休憩所に入っていった。

「え？　待つって……」

ただ、手続きしてもらえればいいんだけど？

俺たちが首を傾げていると、先ほどの衛兵と一緒にヒューバート兄さんが出てきた。

驚いた俺は、目を瞬かせて叫ぶ。

「え!?　ヒューバート兄さま」

「おー！　フィル、どうした。交番になんの用だ？　何か困り事か？」

ヒューバート兄さんは心配そうに、俺の顔を覗き込む。

「僕は落とし物を拾ったので、交番に届けに来たんです」

「そうか。さすが、フィル。いい子だな」

ヒューバート兄さんはニコニコと笑って、ノビトカゲ帽子ごと俺の頭を撫でる。

荒々しい可愛がりのあと、俺は帽子を直しながら尋ねる。

「ヒューバート兄さまは、どうしてここに？」

「今日は街の巡回をしている。交番が、上手く機能しているかの確認も含めてな」

この前は森、今日は街の巡回かぁ。ヒューバート兄さんも大変だなぁ。

衛兵が中に通したのも、ヒューバート兄さんが来ているからだったんだな。

俺がのんびりそう思っていると、トーマが青い顔で俺に話しかけてきた。

「ね、ねぇ、フィル。今、に、兄さまって言った？　フィルのお兄さんってこと？　僕を捕まえようとしていたあの兵士さん、王子様なの？」

そうだ。あの時は、まだトーマに俺の正体は知られていなかったから、身バレを避けて兄さんのことを紹介していなかったんだよなぁ。

「ごめん。あの時は言えなかったんだけど、実は僕の二番目の兄なんだ」

俺が紹介すると、ヒューバート兄さんのほうもトーマのことを思い出したらしい。

「ああ！　森で会った、フィルの友だちの葉っぱ少年か！　もらった葉っぱ、森の巡回の役に立ってるぞ！」

ヒューバート兄さんが快活に笑うと、トーマは恐縮しつつ頷く。

「そ、それは良かったです」

「それで、どんな落とし物を持ってきたんだ？」

ヒューバート兄さんに聞かれ、アリスがブレスレットを見せる。

「ブレスレットなんです。ライラが言うには銀製で高価なものだと……」

「そうか。ん～、高価なものなら、交番で保管するのもまずいかな。今は駆け込んでくる観光客が多くて、短時間ではあるんだが、交番の衛兵が出払う時間帯があるんだよ」

交番を空ける時には施錠《せじょう》するようにしているとはいえ、やはり少し心配か。

「じゃあ、衛兵所に持っていったほうがいいですかね？」

「いや、ここでの用事を終えたら衛兵所にも寄るから、手続きしてくれたら俺が持っていってやるよ」

ヒューバート兄さんはそう言って、自分の胸を叩く。

「ありがとうございます」

俺はお礼を言って、落とし物届けの記入をする。

交番を出るとヒューバート兄さんが出てきて、手を振って見送ってくれた。

「皆、気をつけて遊べよ！」

「はぁい！　お仕事頑張ってください！」

俺は手を振り返し、トーマたちはぺこりとお辞儀する。

「いいお兄様ね」

「優しいよねぇ」

ライラやトーマに褒められて、俺は照れつつも頷く。

「まだ時間もあるし、次はどこに行こうか？」

「屋台通りはどうですか？」

カイルが行き先として提案したのは、共同浴場沿いに作った屋台が並ぶ場所だ。

縁日をイメージしていて、射的や輪投げで遊ぶ場所があったり、雑貨の並ぶ露店や、お面やかき氷なんかの屋台があったりする。

街を活性化するための屋台通りなので、出店先には国が補助金を出す代わりとして、平民の子供でも楽しめるよう安価な設定にしてもらっている。

気軽に遊べるため、レイたちとはすでに何回か訪れているんだよね。

「俺、また射的やってみたい」

「はーい！　僕、輪投げやりたい」

レイが言い、トーマも手を挙げる。

「私は髪留めが売っている露店を見たいわ」

ライラの言葉に、アリスがニコッと笑う。

「いいわね。あ、そこでミゼットさんにお土産を買っていきましょうか？」

屋台通りというカイルの提案に、みんな賛成のようだ。

「じゃあ、行こう。この通りの先にあったよね」

そう言って、通りに入って少し歩いた時だった。

背後から小さな咳払いが聞こえて、俺たちは振り返る。

そこには、望遠グラスの少女が立っていた。

少し後ろの物陰に護衛の六人がいたが、体が大きいので隠れられていない。

「ちょっといい？　貴方たちに聞きたいことがあるんだけど」

身長は俺と同じくらい。腰に両手を当てた威張《いば》りんぼスタイルだが、こぢんまりしているから威圧感はまったくない。

ふわふわの髪にクリクリの大きな目も相まって、近くで見ると可愛い小熊みたいだ。

「何か御用でしょうか？」

スケさんが尋ねると、少女は少し慌てて首を振る。

「違うわ。大人の人じゃなくて。そちらの子供たちに率直な感想を聞きたいの」

そう話す少女の後ろでは、護衛の人たちが申し訳なさそうな顔で、こちらに向かって『この子のお願いを聞いてあげてください』と言うように手を合わせていた。

その仕草には先ほどの威圧感はなく、まるで困ったグリズリーみたいだ。

この人たちも苦労してるみたいだなぁ。

「僕たちに質問とは、なんでしょうお嬢さん」

レイはキリッとした顔を作って、恭《うやうや》しく礼をする。

少女はチラッと後ろの交番を振り返り、声を潜めて聞いてくる。

「貴方たち、あの方とお話ししていたでしょう？　どんな印象だった？」

あの人って……交番前の衛兵さんのことかな？

俺たちは彼女越しに、立っている衛兵を覗き込む。

衛兵は俺たちが見ていることに気づき、少し照れ笑いをしつつ会釈《えしゃく》してくれる。

「えっと……ほとんど話はしてないですけど、多分いい人だと思います」

俺が小首を傾げつつ言うと、ライラとアリスは頷く。

「ええ、あれは典型的ないい人ね」

「優しそうよね」

少女はメモ帳を取り出し、携帯羽根ペンでメモを取り始める。

「いい人。……子供にも優しいってことね」

「あと、姿勢がよさそう？」

トーマが言うと、俺たちは衛兵さんの真っすぐな姿勢を見ながら同意する。

「姿勢……がいい。他には？」

羽根ペンを走らせつつ、少女はなおも尋ねる。

「他に、他に……あ、新人さんで真面目に頑張ってるなぁって印象でした」

「あぁ、いかにも新人ぽかったよねぇ」

「うん、頑張ってる感じだったなぁ」

俺の言葉に、トーマとレイが頷いた。

そこで、少女の羽根ペンが止まる。

「新人？　……ちょっと待って、誰のことを言っているの？」

「え、あの交番前の衛兵さんじゃないんですか？」

指さしながら聞くと、少女はメモ帳から顔を上げる。

「衛兵⁉　……違うわ。あの方といえば、ヒューバート殿下のことよ」

「ヒューバートにぃ……殿下のことですか？」

ご存知あの方といえば、みたいに言われてもわかるわけがない。

「そう。フィル殿下は確認できたから、次はヒューバート殿下なの」

「ぼ……フィル殿下も確認できただって⁉」

自分の名前が出てきて、ぎょっとする。

「ヒューバート殿下やフィル殿下とおっしゃっているということは、グレスハートの王子様たちであると認識しているわけですよね？　何を調べているんですか？」

再び警戒を強めるカクさん。気になる俺も少女の答えを待つ。

もしかして、少女の姿をしたスパイか？　スパイにしては、いろいろ穴がある感じだけど。

「だから、人となりを聞きたいって言ってるじゃない」

何度も言わせるなというように、少女は困った顔をする。

「人となりを聞いてどうするんです？」

カイルが訝しげに尋ねると、少女は唇を尖らせた。

「旦那様にふさわしいか、調べていたの！」

「「旦那様⁉」」

俺たちが声を揃えて言うと、少女は慌てて「しーっ！」と言う。

そういえば、この子ご令嬢っぽいもんな。

もしかして、知らないだけでそんな話が出ているのか？

で、でも、うちの国は珍しい恋愛結婚派なはず。

「婚約の話が出てるの？」

俺がゴクリと喉を鳴らすと、少女はあっさり首を横に振った。

「違うわ。グレスハートの王子様との縁談が回ってくるって、私の勘が言っているの。最近、人気がすごいでしょ」

なーんだぁ。あくまでも、この子の推測かぁ。

俺は「ほぅ」と息を吐く。

「あ、あの……フィル殿下も確認済みって言っていましたよね？　つまり、フィル殿下も、観察というか、人となりの調査をしたってことですか？」

少女に向かっておずおずと尋ねるアリスに、俺はハッと息を呑む。

そうだよ。俺を確認したとはどういうことだろう。俺にヒューバート兄さんのことを聞いているあたり、俺だとはわかっていないみたいだけど、いつの間に調べられていたわけ？

焦りつつ答えを待つ俺に、少女は真顔で息を吐く。

「視察したフィル殿下を遠目で見たんだけど、私の旦那様にするには『辛いな』って思って」

「『旦那様にするには、辛い？』」

俺とアリスは、首を傾げる。

「だって、キラキラの青みがかった銀髪に可愛い顔、フリルにリボンが似合っちゃう男の子よ？　とにかくキラキラなのよ!?　隣に立てる!?」

それを聞いて、レイが「プフーッ！」と口を押さえて笑いを堪える。

視察の時も、キラキラ王子バージョンの俺を見て、レイはめちゃくちゃ笑いを堪えてたんだよな。

「わかる！　隣に立つのは辛い！」

強く同意するライラに、少女は「でしょ！」と笑顔になる。

……俺の趣味じゃないのに。変装なのに。

若干、振られたみたいな気持ちになるのはなんでだろうか。

「それに、私は強い人が好きだから。それで、ヒューバート殿下を見ていたわけよ」

すると、後ろにいた大きな体の護衛が、少女に話しかける。

「あの……お、お嬢様！」

「なあに？　街にいる時は、なるべく話を……」

少女が振り返ると同時に、護衛が横に移動する。そこにはヒューバート兄さんが立っていた。

護衛はヒューバート兄さんが来たと知らせたかったようだが、時すでに遅し。

「なっ！」

少女は突然の事態に固まる。

「こんなところに集まっていたら、通行の邪魔だぞ。俺の名前が聞こえた気がしたけど、何か用だったか？」

首を傾げ、それから少女を見下ろす。

「もしかして、これの落とし主が見つかったのか？」

そう言って、懐から先ほどのブレスレットを取り出した。

それを見た少女はようやく固まっていた状態から脱し、つんと澄《す》ました顔になる。

「そ、それは小さな子供用のお守りです。レディが身につけるものではありませんわ」

それを聞いたヒューバート兄さんは噴き出す。

「レディかぁ！　ははは、レイラみたいなことを言うなぁ」

そう言って、ヒューバート兄さんは少女の頭をガシガシと撫でる。

「あ、あ、それは……」

可愛がっているつもりでも、髪がぐしゃぐしゃになるってレイラ姉さんが怒るやつ。

俺もよくやられるけど、結構力が強いんだ。

護衛たちも相手が王子とあって、止めることもできなかったようだった。

案の定もしゃもしゃになった髪に、少女は呆然とする。

「な……な……何するんですか！」

ぷんすか怒る少女に、ヒューバート兄さんはキョトンとした顔になる。

「何って、撫でたんだが……。あ、もっと、撫でてもらいたいか？」

真面目に聞いたつもりだろうが、状況が悪化するのは目に見えている。

いつものレイラ姉さんがそうだからだ。

「結構です！　もういいですわ！　ガサツな方なんて、ありえません！」

そう言って帰ろうとした少女だが、レディの意地か、スカートの裾を摘まんで挨拶をする。

「失礼します！」

ぷっくり頬を膨らませる少女の顔は、やはり小熊のようだった。

護衛を引き連れて帰る少女を、ヒューバート兄さんは首を傾げながら見送る。

「なんだったんだ？」

俺たちはなんと言っていいものか、言葉に詰まる。

「とりあえず……僕たちはお眼鏡にかなわなかったみたいです」

俺の言葉に、ヒューバート兄さんはますます首を傾げたのだった。

## 8

城の中は婚姻式の準備でバタバタしているので、最近は城の奥にある庭が避難場所。

そこへ向かっていると、テラス側から声が聞こえてきた。

「アルフォンス殿下とルーゼリア王女殿下の声が聞こえますね」

カイルに言われ、俺はテラスを覗き込む。

そこにはアルフォンス兄さんと、ルーゼリア王女。護衛のリアナさんと、リックとエリオット。

それから、十代後半くらいの男性がいた。

アルフォンス兄さんたちと親しいらしく、楽しそうに談笑している。

「お客さまか。じゃあ、ここは通れないね。遠回りしようか」

そう言って、最後にチラッとテラスに視線を戻した時だった。

「フィル、何しているの？　こっちにおいで」

アルフォンス兄さんが極上の笑顔で、こちらに手を振っている。

ちょっと顔を出しただけなのに……。ブラコンセンサーすごいな。

このまま遠回りしようと思ったが、呼ばれたら行かなくてはなるまい。

テラスに出ていき、お客様に向かってペコリと頭を下げた。

「お客様が来ているのに、お邪魔してすみません。奥の庭に行こうと思っていて……」

「ああ、そうか。気を遣わせてしまったね。大丈夫だよ。彼とは気心の知れた間柄だから」

「そうですよ。全然、気を遣わなくていい人です」

ルーゼリア王女の言葉に、男性は苦笑する。

「ひどいな。僕とアルフォンス先輩が仲が良いのを、妬《ねた》んでいるの？」

「ち・が・い・ま・す」

ルーゼリア王女はそう返すが、少し拗ねた顔をしている。

アルフォンス兄さんのことを先輩と呼んで、ルーゼリア王女とも知り合いということは……。

「学生時代のお知り合いですか？」

俺が尋ねると、男性はにこっと笑った。

「そう。ステア王立学校高等部時代の、アルフォンス先輩とリック先輩とエリオット先輩の二学年下の後輩で、ルーゼリアとリアナの同級生。ステア王国セオドア・デュラントと申します。はじめましてフィル殿下」

え！　ということは、デュラント先輩の一番上のお兄さん!?

そうだ！　婚姻式に来るって、デュラント先輩が言っていたよ。招待客名簿でも名前見たじゃん。

こ、心構えもなく出会ってしまった。

「はじめまして。フィル・グレスハートです」

「うわぁ、本当に可愛い弟さんですね。アルフォンス先輩」

俺をまじまじと見つめるセオドア殿下に、アルフォンス兄さんは当然と頷く。

「だから言っただろう？　可愛いって」

「兄の欲目もあるのかなと。うちにも弟が二人いるんですが、幼少期から、見た目は愛らしくとも、中身は達観していてあまり可愛くなかったので」

それって、一人はデュラント先輩のことだよね？

今もカリスマ性のある雰囲気で大人を圧倒しているけど、小さい頃から大人びていたのか。

兄弟だけあって、見た目はデュラント先輩と似ている。けど、雰囲気はずいぶん気さくな感じだなぁ。雰囲気だけで言うなら、セオドア殿下のほうが弟っぽくも見える。

「アルフォンス先輩とはクラブとかが一緒で、仲良くさせていただいていたんですよ。才能溢れる先輩は憧れの存在で、今でも手紙をやり取りさせていただいています」

へぇ、手紙のやり取りを……。待てよ。

確か以前アルフォンス兄さんは、俺が対抗戦のステア代表になったこと、友人に聞いたって言っていたよね。まさかその友人ってセオドア殿下じゃ……。

それを知ったアルフォンス兄さんが、父さんに内緒で対抗戦を見に来たことを思い出す。

「フィル君もすごいんですよ。頭がいいですし、動物に好かれますし、料理とかなんでもできます」

ルーゼリア王女が自慢げに言うと、セオドア殿下は感心する。

「へぇ、フィル殿下も優秀なんですね」

「いえ、動物や料理は好きですが、優秀ではないです」

俺は首を振って否定したが、アルフォンス兄さんはコックリと頷く。

「そう。フィルは可愛いうえに、賢くて、とても優秀なんだよ」

俺は前世の知識ありきだから、絶対アルフォンス兄さんのほうが能力高いって。

アルフォンス兄さんの弟自慢に、セオドア殿下はくすくすと笑う。

「学生の時もそうでしたが、本当に弟さんを溺愛しているんですね。そういえば、弟さん関連の伝説、いろいろありましたよね」

「弟関連の伝説？」

「弟さんがぬいぐるみ好きだからって、グラント大陸で一、二を争う編みぐるみ職人に弟子入りして免許皆伝《めんきょかいでん》の腕前なんですよ」

「免許皆伝!?」

確かにアルフォンス兄さんお手製の編みぐるみを、俺が留学から帰るたびにもらっていた。

加工の授業で編み物を習ったとは聞いていたが、それにしては上達スピードが速いと思っていた。

まさか職人に弟子入りして免許皆伝とは……。

「たまたまステアに、編みぐるみの達人がいてね。せっかくならいいものを作ってあげたいと思って、ちょっと習いに行っていただけだよ」

恥ずかしそうに笑って言うけど、ちょっと習いに行って、免許皆伝もぎ取ってきてんだよね？

ブラコン列伝に慄《おのの》いていると、セオドア殿下はくすっと笑う。

「もっと聞きたいですか？　しばらくグレスハートに滞在しているので、機会があったらお茶でもしましょう。アルフォンス先輩やルーゼリアの、学生の時の話をお教えしますよ」

いたずらっぽく笑うセオドア殿下に、俺は食いつく。

「本当ですか？　き、聞いてみたいです」

ブラコン列伝を聞くのはちょっと怖いけど、他にもいろいろ伝説を残しているらしいから、気になってはいたんだよね。

興味津々な俺とセオドア殿下が仲良しに見えたのか、アルフォンス兄さんは少し拗ねた顔で言う。

「聞きたいなら私が話すのに」

「ご本人と周りとでは、感じ方が違うからじゃないですか？　いつにしましょうか。今はフィル殿下もお忙しいでしょうから、婚姻式後とかがいいかもしれませんね」

そう言って、セオドア殿下は俺に向かって笑いかける。

すると、それに張り合うように、アルフォンス兄さんが俺に微笑んだ。

「わかった。では、私も同席しよう」

セオドア殿下は一瞬ポカンとして、目を瞬かせる。

「え、アルフォンス先輩も来るんですか？」

「いい兄のイメージが崩れるような話をされては困るからね」

澄ました顔で言うアルフォンス兄さんに、セオドア殿下は呆気にとられる。

「別に変なこと言うつもりないのに……。婚姻式後ですよ？　奥さんを放っておいていいんですか？」

チラッとルーゼリア王女を見ると、彼女は笑顔でポンと胸を叩いた。

「ご心配なく。私も同席するので。私にまつわる話をするなら、いい義姉《あね》だと思ってもらえるものでお願いしますね」

ニコニコと笑う二人に、セオドア殿下は呆れかえる。

「フィル殿下、溺愛組が増えて大変ですね」

ヒソヒソと囁かれ、俺はぎこちなく笑った。

◇◇◇

婚姻式まで一週間を切った頃、城にティリア王国のアンリ皇太子殿下が到着した。

待ちに待った婚礼の衣装も一緒だ。

衣装に問題がないかの確認は、ルーゼリア王女と母さん、アンリ義兄さんだけで行うことになっていた。そのため新郎であるアルフォンス兄さん同様に、俺も当日になってからでないと見せてもらえないはずだった。

ただ、ヴェールの材料集めに貢献したということで、俺とアリスとカイルは特別に見せてもらえることになったのだ。

アンリ義兄さんが総指揮をとったウェディングドレスはもちろん気になっているが、イルフォード先輩が作ったヴェールはもっと気になる。

ミネルオーの毛糸とクラウンエティムがどうなっているか、間近で見てみたかったんだよねぇ。

許可してくれたルーゼリア王女に感謝である。

訪れたのは、城の衣装保管室。ここには普段着るドレスではなく、歴代の王族が式典などに着た特別な衣装が保管されている。

盗難や火事から守ることができるのはもちろんのこと、湿度や温度、防虫や防カビなど、徹底管理された特別室だ。ちなみに、宝飾品を保管する部屋は別にある。

入室の許可を得て、緊張しつつ部屋に入る。

おぉぉ、広い。縦長の部屋には両脇にドレスや礼服が、一着ずつトルソーに着せられて並べられている。博物館か展示室みたいだ。

「待っていたわ。さぁ、こっちにいらっしゃい」

部屋の一番奥で手招きする母さんの周りには、俺たち以外の呼ばれた全員がすでに揃っていた。

当然のことながら、制作したアンリ義兄さんとティリアの裁縫師数人も同席している。

ウェディングドレスはトルソーに着せられ、上から布がかけられているみたいだった。

そこへ向かいながら、俺たちは左右にあるドレスを眺める。

すごいなぁ。細やかな金の刺繍に宝石がちりばめられたドレスや、初めて目にする、式典に使われるであろう衣装がある。

驚嘆しつつ俺たちが歩いていると、とある衣装の前で三人同時にピタッと足が止まった。

「これ……僕の仮装パーティー衣装だよね？」

俺の言葉に、カイルとアリスが頷く。

「そうですね」

「間違いありませんね」

イルフォードが刺繍を施して、国宝レベルになってしまった仮装パーティー衣装。

寮で保管するのが怖いから、実家に送った衣装だった。

俺の部屋にないと思っていたら、こんなところに保管されていたの？

普段着られないから、どこかにしまってあるだろうとは思っていたが、まさか城の衣装保管室にあったなんて……。

「なんでここに……」

「あぁ、素晴らしいから、ここに置くことにしたのよ」

無邪気に言う母さんに、アンリ義兄さんは笑う。

「私の目から見ても、イルフォードの刺繍は素晴らしいですから。ここに置くにふさわしいと思います」

確かにそれだけの価値はあるだろう。何せ国宝級。

でも、もともとは仮装衣装なんだよ？

『フィル・グレスハート　仮装衣装』って目録を見た子孫たちに驚かれない？

俺、仮装衣装にとんでもない技術を使ったやばい人って語られちゃわない？

「あ、あとで目録見せてください。いや、注記つけさせてください」

注記で『本人は簡素な仮装衣装にしたかったが、天才が国宝級に仕立ててしまった作品』ってつけないと。

「わかったから、早くいらっしゃい」

母さんに促されて、ウェディングドレスの前に立つルーゼリア王女のそばまで来る。

直接手を触れてはいけないということで、皆で手袋を装着して待つ。

アンリ義兄さんの指示で、シュルシュルと布が外された。

「こちらが、ルーゼリア王女殿下のウェディングドレスです。ティリアの最高峰の技術を全て詰め込みました」

現れたのは、真っ白なマーメードラインのウェディングドレス。

シンプルではあるが、切り替え線や絞りの位置が絶妙で、どの位置から見てもシルエットが美しい。

ルーゼリア王女は背が高いから、似合うことだろう。

ぱっと見はわからないが、胸元の部分や裾に同色の刺繍が施されているようだ。

光が強く当たったら陰影がついて、美しい刺繍が浮かび上がるに違いない。

「なんて優美な……」

「とても美しいです」

周りからそんな声が聞こえてくる。

「こちらのヴェールもご覧ください」

アンリ義兄さんの指示で運ばれてきたのは、白のロングヴェール。

「これがミネルオーという動物の毛糸なのね」

母さんが興味深げに観察し、ルーゼリア王女はアンリ義兄さんに視線で促されてヴェールを手に取る。

「すごい！　こんなに長さがあるのに軽いです！」

ルーゼリア王女が、俺たちにも持たせてくれる。

「本当ですね。まるで重さを感じません」

「羽根のようです」

カイルとアリスの言うように、あまりに軽い。

それにも驚いたが、何より驚かされたのはヴェールの装飾だ。

「この刺繍とクラウンエティム、綺麗ですね」

俺が言うと、ルーゼリア王女は頷く。

「植物の刺繍がされているだなんて。光の加減で、見え方が変わって美しいです。クラウンエティムは初めて見ましたが、朝露《あさつゆ》みたいですね」

ドロップ形のクラウンエティムの先端には穴が開けられていて、一つひとつヴェールに縫い付けられていた。動くとゆらゆらと揺れる仕組みのようだ。

「これならば、重さで頭が後ろに引っ張られることはないと思います」

アンリ義兄さんの言葉に、ルーゼリア王女は微笑む。

「私のために、こんなに素晴らしいものを用意していただき、ありがとうございます。携わってくださった職人の方々にもお礼を伝えてください」

そう話すルーゼリア王女の目には、うっすらと涙が浮かんでいた。

「喜んでいただけて良かったです。職人たちも喜ぶでしょう」

心底ホッとしたような顔で、アンリ義兄さんは笑う。

ステラ姉さんの話では、寝る間も惜しんで制作に取り組んでいたらしいもんね。

「婚姻式が待ち遠しいですね。ルーゼリア義姉《ねえ》さま」

俺が微笑むと、ルーゼリア王女は幸せそうに微笑み返した。

「はい」

◇　◇　◇

婚姻式は目の前だけど、今日はお休み。

俺の担当公務は終わっているので、庭でホタルたちとのんびり遊んでいる。

父さんたちを手伝おうかと思ったけど、「いいから休みなさい」って言われたんだよね。

召喚獣たちと遊んであげる時間がなかったから、その心遣いに感謝し、ありがたくお休みを頂戴《ちょうだい》することにした。

ちなみに、アリスはライラとグレスハートスイーツ巡り、カイルは鍛錬に行っている。

だから、ここには俺と召喚獣たちだけしかいない。

はぁ～、こんなに静かなのは久々だなぁ。

芝生《しばふ》に寝転んで、俺は息を吐く。

今いるのは、城の奥にある中庭。隔離されたプライベートガーデンだから、ほとんど人は来ない。

城の中では皆がまだバタバタ準備に追われているんだろうけど、そんな喧騒《けんそう》も聞こえなかった。

静かすぎて、隣で寝ているコクヨウの、ぷぅぷぅという寝息まで聞こえる。

城にいても外にいても、人に囲まれていることが多かったから、こういう時間もいいよねぇ。

【フィルさま、寝てるですか？】

ホタルがそぉっと声をかけてきた。

目を開けると、ボールを頭に載せたホタルが様子を窺っていた。どうやら遊んでほしいらしい。

今日のボールは、いつも使っているものと違う。ノビトカゲの皮で作ったボールなのだ。

大きさはサッカーボールほどで、軽くてよく跳ねる。

おじいさんが山神祭りで買った、お土産の一つである。

「目を閉じていただけだよ。ボール投げてあげようか?」

俺が起き上がり微笑むと、ホタルはパァッと目を輝かせる。

ボールを放ると、ホタルは転がってボールの下に回り込み、サッカー選手並みの見事なヘディングでボールを返してくれた。

「おぉ、ホタル上手だねぇ」

褒めながらボール投げで遊んでいると、ランドウがホタルの横に来て前足を振った。

【俺!　俺にもボール投げてくれよ!】

【俺にもボール欲しいっす!】

テンガもホタルの隣で、ぴょんぴょんと跳びはねる。

「はいはい、わかったからちょっと待って。順番に投げるから」

まず誰に投げようかと迷っていると、俺の前に小さな黄色いのがやって来た。

【コハクもボール!】

バッと翼を広げ、フンスと鼻息を吐く。
「コハクもボール投げしたいの？」
俺が目をパチクリさせて聞くと、コハクは大きく頷いた。
そうはいっても……。
俺はノビトカゲボールと、コハクを見比べた。
軽いとはいえ、コハクの大きさの何倍もあるボールである。
……つぶれるよね。
「あ、そうだ。これももらったんだった」
俺はポケットに入っていた別のボールを出して、コハクに手渡した。
こちらもおじいさんのお土産。卓球ボールくらいの大きさのノビトカゲボールである。
「コハクにはこっちのボールがいいんじゃないかなぁ」
コハクはチラッと大きなボールに視線を向け、不服そうな目をしていた。
やはり、みんなと同じボールで遊びたいらしい。
今コハクが持ってるボールだって、コハクには少し大きいくらいなんだけどなぁ。
すると、それを見ていたザクロが気をきかせて、コハクに声をかけた。
【コハク！　そのボールで、オイラとルリと一緒に遊ぼうぜ！】
【い、一緒に遊びましょう！】

ザクロとルリに誘われたコハクは、嬉しそうに「ピヨ」と鳴いた。

そして、ボールを抱えてヨロヨロとザクロたちの元へ歩いていく。

ザクロたちのおかげで助かったぁ。

俺が口パクで『ありがとう』とお礼を言うと、ザクロは『いいってことよ』とでも言うように、パチンとウィンクした。

カッコイイ。粋《いき》な氷亀《こおりがめ》である。

【コハクの機嫌が直って、良かったですわね】

近くの木の枝に腰かけていたヒスイが、くすくすと笑った。

すると、いつまでもボールを投げないことにしびれを切らしたランドウたちがやって来た。

【なぁぁ、いい加減ボール投げてくれよぉ】

【早くボール投げしたいっす】

ランドウとテンガは俺の足にしがみつき、ホタルが甘えるように「ナウ〜」と鳴く。

「わ、ごめん。今から投げるよ」

こんな風に遊ぶのも久しぶりだもんね。今日はめいっぱい遊んであげなきゃ。

「じゃあ、今から投げるから、一番早く取れたら勝ちだよ」

俺はそう言って、少し離れた草むらに向かってポーンとボールを投げた。

ランドウは、テンガとホタルが動くより先に走り出す。

【一番先に取ってやるぜ！】

【俺が先っす!!】

【待ってです～！】

ランドウのあとを、テンガとホタルが追いかける。

スタートダッシュはランドウが先でも、跳ねて移動するテンガはさすがに速い。

だが、足ではなく転がっての移動なら、ホタルのほうがもっと速かった。

「ナァァァァウゥゥゥ！」

鳴き声をあげながら、すごい速さで転がっていく。

【うわぁ！】

ホタルは転がる風圧でランドウを草むら横に吹き飛ばし、跳びはねるテンガの足元をくぐり抜ける。

すご、速ぁ……。やはり一番にボールを取るのはホタルか。

一直線にボールに向かっていくホタルを見つめ感心していると、そのボールの前に白い何かが近付いてきた。

タッタカと軽やかにやって来たのは……子ヴィノだ。

「え！　えぇぇぇ!?　ちょ、まっ！　子ヴィノ!?」

なんで？　どうしてここに？

いや、その前に、今ホタルがボールまっしぐらなんですけどぉっ！

「ヒスイ！　コクヨウ！」

俺の呼びかけに、ヒスイが木から下り、寝ていたコクヨウが起き上がった。

即座に状況を判断したのか、ヒスイとコクヨウはほぼ同時に動き出す。

ヒスイは風で防壁を作って転がるホタルを止め、コクヨウは体を大きく変化させてボール前の子ヴィノを咥《くわ》えて移動させる。

コクヨウは俺の前にペッと子ヴィノを吐き出すと、小さな子狼姿に戻った。

【まったく、いい気持ちで寝ておったのに。とんだ邪魔が入ったものだ】

コクヨウは不機嫌そうに、よだれだらけの子ヴィノを睨む。子ヴィノは自分の置かれた状況がわからないのか、キョトンとしていた。

「ありがとう。助かったよ、コクヨウ」

ハンカチで子ヴィノの体を拭《ぬぐ》いながら、俺はお礼を言う。

【あ！　子ヴィノです～！】

ヒスイに抱かれて、やってきたホタルが言う。

ホタルも体中に葉っぱがついているけど、特にケガとかはしていなさそうだ。

「ヒスイもありがとうね」

【いいえ。間に合って良かったですわ】

ヒスイはにっこり笑って、ホタルを地面に下ろす。

それにしても……うーん。よだれを拭ったけどまだべとべとしてるな……。

「ちょっと綺麗にさせてね。怖くないからね」

俺は水と火の鉱石でお湯を作って子ヴィノを石鹸で洗い、風と火の鉱石で乾かしてあげる。

そんなタイミングでコハク、ザクロ、ルリが戻ってきた。

子ヴィノを、コハクがピッと指さす。

【子ヴィノ！】

【こいつはたまげた。子ヴィノじゃねぇかい】

ザクロは言い、ルリは嬉しそうに挨拶をする。

【お久しぶりです】

戻ってきたテンガとランドウも、嬉しそうに子ヴィノに声をかける。

【わぁ、おひさしぶりっす！】

【おー！　元気だったか？】

そんな声かけに、子ヴィノはキョトンとしたまま言う。

【だあれ？】

一瞬何を言われたのかわからず、俺たちは固まる。

「え!?」

それを聞いて、驚いたテンガたちは子ヴィノに詰め寄る。

【忘れちゃったっすか？　一緒に追っかけっこして遊んだじゃないっすか！】

【お、お、俺のことも覚えてないのか？】

【コハク！　コハク！】

テンガとランドウが子ヴィノに言い、コハクも子ヴィノの前でパタパタと翼を広げてアピールする。

【ボクと……な、仲良しって……】

一番ショックを受けているのはホタルだ。特に仲良くしていたから、悲しいのだろう。

大きな目がみるみるうちに潤んでくる。

すると、コクヨウがうるさそうにこっちを見て、ため息を吐いた。

【落ち着け。そいつは、お前らが会った子ヴィノではない】

「え、違う子ヴィノ？」

……そういえば、ほんの少し体が小さいような気がしないでもない。

【匂いが似ているから、奴らの弟か何かではないか？】

コクヨウの言葉に、子ヴィノは小首を傾げる。

【にーたんとねーたん、ちってる？】

「そっかぁ。子ヴィノたちの弟かぁ」

そうだよね。子ヴィノたちと会ったのはもう半年以上前だもんね。

一般的に子ヴィノは放牧に慣れてきたら、成獣になるまでは点々と場所を変えて育てるそうだから、今頃あの子たちも旅に出ているのかな。

【良かったです。忘れられちゃったかと思ったです】

ホタルは安心したのか、ホッと息を吐く。

【匂いでわかるだろうが】

鼻を鳴らすコクヨウに、テンガは拗ねた口調で言う。

【アニキみたいに鼻良くないっす】

【それに、コクヨウの匂いや、石鹸の匂いで消されてるから仕方ないだろ！】

ランドウは足でタンタンと地面を鳴らす。

【それにしても、どうしてグレスハートにいるんですかねぇ】

ザクロが首を傾げ、俺は腕組みして唸る。

「一匹で来るわけないから、多分連れてこられたんだろうね。もしかしたら、ルーゼリア義姉さまのお兄さんたちが来たのかな？　ヴィノは国の宝だからね。しっかり管理できる人じゃないと国外に出せないはずだし、手続き書類も国に提出しないといけなかったはずだもん」

俺がそう言うと、コクヨウが子ヴィノをチラッと見る。

【管理できていないではないか】

「そ、そうだねぇ」
国外で行方不明にさせたとあっては、大問題も大問題。
今頃、血眼《ちまなこ》になって捜しているかもしれない。
ヒスイがふわりと宙に浮かんで言う。
【アルフォンス様にお知らせしてきますわ】
【ヒスイ、よろしく頼むね】
ヒスイはにこっと笑って、城のほうへと向かいながら姿を消す。
迎えが来るまでは、この子をちゃんと保護しておかないと。
俺が頭を撫でると、子ヴィノは気持ち良さそうにすり寄ってくる。
【なでなで、うれち】
可愛い。無邪気なのはお兄ちゃんたちとそっくりだな。
「こんにちは。僕、フィルっていうんだよ。お兄ちゃんヴィノから聞いてる？」
子ヴィノは俺を見上げ、小さな尻尾を震わせた。
【ちるたん？　なかよち！　にーたん、いってた！】
俺の腕から抜け出し、嬉しそうにタッタカ跳びはねる。
【ボク、ホタルです！　ボクのこと、聞いてないです？】
ホタルが不安そうに尋ねると、子ヴィノはホタルを観察し始める。

【白《ちろ》いのいっちょ、ちっぽ長いのちあう、まんまるちあう……】

この子のお兄ちゃんたちもこうやって、自分の姿と相手の姿との共通点や相違点を見つけていたっけ。

【ぽたるたん！　にーたんと、なかよち！】

間違いないというように、子ヴィノはコックリ頷く。それを聞いて、ホタルがパァッと嬉しそうな顔で、尻尾をくねらせる。

それから子ヴィノは、テンガたちも確認しながら、名前を当てていく。

どうやらお兄ちゃんから俺たちの情報を得ていたようで、それで判断しているらしい。

最後に寝転がるコクヨウの周りを回って、子ヴィノは呟く。

【黒いのちあう、ちっぽおおいのちあう……】

でも、聞いていた情報と違う点があるのか、コクヨウのお腹を見つめて首を傾げる。

何が引っかかってるのかな？

「聞いていた話と違うところある？」

【にーたん、こくようたん、ぽんぽこりんって。黒いおおかみたん……ぽんぽこりんないね】

困った様子で言う子ヴィノに、俺はブハッと噴き出した。

魔獣ボルケノから解放されたあと、ヴィノの村では祝いの宴《うたげ》が行われた。その時、コクヨウはいつものごとくはち切れんばかりに食べて、お腹をぽんぽんにしていたのだ。

それを見たこの子のお兄ちゃんたちが、コクヨウのこと『ぽんぽこりん』って言っていたんだよね。

「そっかぁ。お兄ちゃんたちに、コクヨウの特徴がぽんぽこりんだって教わってたのかぁ。ぽんぽこり……ん。くっふふふ」

ダメだ。抑えようと思うのに、笑いが止まらない。

【その特徴じゃ、合致するはずないですねぇ】

ザクロが可笑しそうに言い、テンガやホタルたちも笑いを堪えながら頷く。

ランドウは初めから堪えるつもりがないのか、お腹を抱えて笑い転げていた。

コクヨウはそんなランドウをむぎゅっと踏んで止めると、子ヴィノに向かって言う。

【ランドウもあの時、はち切れんばかりに食べていたではないか。我とて、いつでも腹が膨れているわけではないわ！】

不機嫌そうに言うので、俺たちは余計に笑ってしまった。

そんなタイミングで、ヒスイが戻ってくる。

【あら、なんだか楽しそうですわね。何かありましたの？】

【なんでもない】

これ以上聞くなという目付きで、コクヨウが言う。

ヒスイは小さく肩をすくめ、俺に向かって告げる。

【知らせてきましたわ。やはり、ルーゼリア様のお兄様が連れていらっしゃったようです。私が到着した時にちょうど、大規模捜索するか相談していましたわ】

「捜索開始前で良かった」

ホッと息を吐く俺に、ヒスイは口元を押さえてくすくすと笑う。

【もうすぐいらっしゃると思います】

ヒスイはそう言うと、ふわりと飛んで木の中腹の枝に腰かけ、姿を消す。

それから間もなく、アルフォンス兄さんとともに、体格の良い三人の男性が現れた。

妹のルーゼリア王女を溺愛する、コルトフィア王国の三人の兄たちである。

しっかり者の長兄ハミルトン皇太子殿下、ムードメーカーの次兄デニス殿下、気は優しいがちょっと抜けている三兄モーリス殿下だ。

そのモーリス殿下は、一匹の子ヴィノを腕に抱えていた。

あちらの子は、リードがつないであるようだ。

「いたぁぁ!!　子ヴィノ！　良かった！　どこ行ったかと捜したんだぞぉ！」

こちらにいる子ヴィノを発見して、すごい形相《ぎょうそう》で駆け寄ってくる。

捜すのに必死だったからかもしれないが、目が血走っていて怖い。

【ひゃあぁ！】

【わぁ！　怖い顔でこっち来るっす！】

モーリス殿下の勢いにびっくりしたのか、子ヴィノは俺の腕の中に逃げ込み、テンガとランドウとホタルは俺の後ろに隠れる。

【やかましいのが来たな】

うるさいのは勘弁とばかりに、コクヨウは木の陰に移動して寝転がる。

一方、やって来たモーリス殿下は、頭を隠してお尻隠さずの子ヴィノに大慌てだ。

「待って、待って！　隠れないで！　出ておいでぇ。ほ～ら、おやつあげるから。こっちに仲間もいるよぉ」

膝をついて抱えていた子ヴィノを芝生に下ろすと、いろいろ体勢を変えながら猫撫で声で子ヴィノに呼びかける。

……これはこれでなんか怖いな。

【ひ、人が変わったっす】

テンガたちも怖いもの見たさなのか、俺の背からモーリス殿下を窺っている。

すると、遅れてやって来たハミルトン殿下とデニス殿下が、モーリス殿下の頭をペシッと叩いた。

「落ち着け！　恥ずかしい」

「その前に、フィル殿下にちゃんと挨拶しろ」

「あ、そうだ。焦りのあまり取り乱していた。ごめん。フィル殿下が保護してくれたんだよね。ありがとうございます!!」

そう言って、正座して背を正し、深々と頭を下げる。

久々に見た土下座っ！

「俺からも礼を言う。フィル殿下、本当に感謝する」

「子ヴィノを保護してくれてありがとう」

ハミルトン殿下とデニス殿下まで頭を下げたので、俺は慌てる。

「皆さん頭を上げてください！　たまたま保護しただけですから」

俺がそう言っていると、隠れていた子ヴィノがようやく頭を出した。

それを見て、リードをつけた子ヴィノが、タッタカやって来る。

【いたぁ！　まいご、めっ！　なのよ】

怒られて、腕の中の子ヴィノが言い訳する。

【まいご、ちあうもん。ちるたん、みっけちにきたの！】

【ちるたん？】

キュルンとした大きな目で、俺を見上げる。

どうやらリードの子も、お兄ちゃんたちに俺のことを聞いていたようだ。

俺が微笑むと、リードの子が【おー！】と驚く。それを見て、腕の中にいる子が鼻先を上げて言う。

【にーたんのなかよちも、みっけちた】

そう言って、後ろから様子を窺うホタルやテンガやランドウたちを示した。
【みっけちたの？　すごーい】
怒ったことも忘れ、リードの子はすっかり感心していた。
【あとねぇ。ちるたん、なでなでちてくれたの】
腕の中の子ヴィノは、さらに得意げに鼻を鳴らした。
【えー！　なでなで？　いーなぁ】
羨ましそうに、リードの子が俺の膝に乗ってくる。
こうして甘えられちゃったら、勝てないよね。
俺が子ヴィノたちの頭を撫でると、二匹は幸せそうに目を閉じる。
【わーい。なでなでだぁ】
【きもちーねぇ】
うっとりとそのまま眠ってしまいそうな声だ。
「すごい。初めて会った子ヴィノが、こんなに懐《なつ》くなんて……」
ハミルトン殿下たちは、信じられない様子で、俺と子ヴィノを見つめる。
「当然です。フィルは動物に好かれる子ですから」
アルフォンス兄さんはそう言って、誇らしげに微笑む。
「俺なんか、ヴィノ使いのところに泊まり込みして、ようやく慣れてくれたのに……」

大きな体でしょんぼりするモーリス殿下を、俺は明るい声で慰める。

「僕はこの子たちのお兄ちゃんたちと会っていますから、それでじゃないですかね？」

「優しいね。ありがとう、フィル殿下。フィル殿下が保護してくれて助かったよ。大事な子ヴィノに何かあったら、俺……国に帰れなくなるところだった」

あの焦りようからなんとなく思っていたが、やはり逃がしたのはモーリス殿下だったようだ。

国に帰れないかぁ。確かに、コルトフィア王国にとって、ヴィノは特別な生き物なんだよね。

国の固有種であり、角や毛糸、乳製品など多くの恩恵を与えてくれるからというだけではない。

ヴィノは悪《あ》しき心や、弱き心を見抜く特別な力を持っていると言われ、国民に神聖視されているのだ。

コルトフィアには『ヴィノが威嚇《いかく》する者は悪人である』とか、『ヴィノの群れが家に祝福に来れば、婚姻が早まる』などの言い伝えがあるし、今でも信じられている。

それに、成獣のヴィノは気性が荒く、人に媚《こ》びない性格で、熟練のヴィノ使いでも制御は難しい。

子ヴィノに何かあったら、ヴィノたちはモーリス殿下を敵とみなしていただろう。

だから、モーリス殿下が国に帰れないかもと言ったのは、決して大げさではないのだ。

「成獣は無理でも、子ヴィノ二匹だけだし、同じ兄弟たちの中でも特に賢くて大人しい子だったから大丈夫だと思ったんだけどなぁ。長時間ケージに入れられるのも嫌がるから、寝ている時以外はリードにつないで抱っこしたり、蓋付きの籠《かご》に入れたりしていろいろ工夫したのに……」

ガックリするモーリス殿下を見て、デニス殿下はため息を吐く。

「まさか、首輪から抜け出したあげく、籠の窓から外に出るとは思わなかったよなぁ」

大人しいといっても、基本的に子ヴィノは冒険心と好奇心に溢れた、自由な子たちだからなぁ。

俺のように動物の言葉がわからないと、言い聞かせることも難しいだろうし。

命を守るって大変だよね。万が一のことがないよう、常に細心の注意を心掛けなきゃいけないんだから。

腕の中の子ヴィノたちは、そんな苦労も知らずトロンと眠たそうな目をしている。

「大変でしたね。見つかるまで、気が気ではなかったでしょう。何事もなくて良かったです」

俺が微笑むと、モーリス殿下はしみじみと言う。

「フィル殿下は本当に優しいなぁ。やっぱり、弟に欲し……」

言い終わらぬうちに、アルフォンス兄さんがモーリス殿下の肩をポンと叩いた。

「モーリス義兄上《あにうえ》には、新しい弟ができたばかりではありませんか」

そう言って、極上の微笑みを浮かべる。

「……新しい義弟《おとうと》は笑顔が怖いんだよなぁ」

モーリス殿下は眉を八の字に下げた、情けない顔で言った。

「それにしても、大変な思いをしてまでヴィノを連れてきたのは、やはり婚姻式に関係しているんですか？」

俺の質問に、モーリス殿下は答えてくれる。

「コルトフィアの婚姻式には、ヴィノがつきものなんだ。国にとって神聖な生き物だからっていうのもあるけど、ヴィノは岸壁をスイスイ上っていくから、夫婦の前にどんな困難が立ち塞がっても乗り越えられるっていう意味もあってね」

なるほど。神聖かつ縁起の良い動物ってことか。

「コルトフィアの婚姻式では、どんな風にヴィノを登場させるんですか？」

さすがに、群れを放つってことはないよね？

「新郎新婦の歩く道を、ヴィノが先導する役目を担っている」

ハミルトン殿下の説明に、デニス殿下がさらに補足する。

「背中に花びらの入った籠を載せ、花びらをふるい落としながら歩くんだ。新郎新婦の歩く道を浄化し、祝福する意味が込められていると言われているんだよ」

ヴィノが歩く道に花びらを……。えぇぇ、想像するだけで可愛い。

つまり、フラワーガールやフラワーボーイならぬ、フラワーヴィノというわけか。

前世でも、新郎新婦が歩く道にお花を撒《ま》く子供がいるよね。

細かい作法は違うかもしれないが、今聞いた習慣にとても似ている。

「ここにヴィノがいるということは、今回、登場させる予定なんですね」

「ああ。そうなんだ。ルーゼリアはグレスハートに嫁ぐ身。コルトフィアの婚姻式の伝統を取り入れてもらうのは無理だと承知していたし、ヴィノを国外に連れてくるのも許可がいるから諦めていたんだが……」

ハミルトン殿下たちは、アルフォンス兄さんに視線を向ける。

「アルフォンス殿下が、我々の父上やグレスハート国王陛下を説得してくれてな」

アルフォンス兄さんは「当然です」と、にっこりと笑う。

「婚姻は二国の結びつき。私もコルトフィアの伝統を取り入れたいと思っていたんです。それに、ルーゼリアの喜ぶ顔が見たいですから」

アルフォンス殿下の言葉に、ハミルトン殿下たちはいたく感動したようだ。

「妹は幸せ者だな。見た目は軟弱そうだが、こんなに大事に思ってくれる相手に巡り合えたんだから」

「そうだな。最初はいけ好かないと思って、成人の儀が終わるまで認めないって言ったけど、アルフォンス殿下はいい男だな」

「うん、笑顔が怖いけど。ルーゼリアが選んだ男だもんな」

まだ当日ではないというのに、長兄から順にそう口にして男泣きを始める。

「いろいろ言われてますね」

俺がそう言うと、アルフォンス兄さんは困り顔で笑う。

「そうだねぇ。まぁ、甘んじて受けるよ。兄としての気持ちはわかるから」

……わかるんだ。兄って大変だね。

# 9

婚姻式当日。街の中心にある、グレスハート王国大聖堂。

グレスハート王家は、王家のご先祖様と虹《にじ》信仰が融合して生まれた宗教を信仰している。

この場所は、グレスハート王家が神に祈りを捧げる場所であり、婚姻式や戴冠式《たいかんしき》などの式典の時に使われる場所でもある。

俺はまだ幼かったから今まで式典に参列させてもらえず、城の中にもお祈りの場があるので、こちらにはほとんど来たことがなかった。

アーチ形の高い天井には、大きく虹と精霊たちの姿が描かれていた。

祭壇の前には、先祖代々伝わる国王の礼服を身にまとった父さんが立っていた。

式典の時にしか使わない王冠と、床につくほど長いマントもつけている。

ご先祖様から受け継がれてきた衣をまとうことで神の代わりとなり、婚姻を見届けるのだ。

王様であり、神でもある……威厳と風格を感じるよ。

祭壇最寄りの席には俺の家族とステラ姉さん夫妻、おじいさんやアントン叔父さん夫妻、ハミルトン殿下たちが、その後ろには、各国の王族たちやグレスハートの貴族たちが並んで座っている。

そんな中、俺は一人で皆から離れた中央扉の内側で待機していた。

アルフォンス兄さんたちの馬車、もうそろそろかな？

扉の外に耳を澄ませると、大聖堂の周りを取り囲んでいるであろう人々のざわめきが聞こえた。

先ほどよりも声の数が増えている。

俺がここに来た時も沿道や広場前に人がいっぱいいたし、かなりの人が来ているんだろうなぁ。

俺たちの準備ができた頃に、城を出発した新郎新婦の馬車は、街をゆっくりと回って最後に大聖堂へ到着する。

そして、そのタイミングがきたら俺にはやるべきことがある。

「教えられた通り、上手くできそう？」

俺は足元に置かれた籠に話しかける。

すると、籠から子ヴィノたちが、ぴょこっと顔を出した。

「花籠は重くない？」

花びら入りのちっちゃな花籠は、子ヴィノの背中に鞍《くら》のように載せられている。

重くないよう限界まで軽量化したし、跳びはねてもしばらくは取れないようにしたけど、違和感はあるだろうからなぁ。

そもそも慣れない環境で、人の気配もたくさんある。ちゃんと歩いてくれるかどうか……。

子ヴィノが嫌がったら、モーリス殿下たちも無理強いはしないでいいって言っていたっけ。

「嫌だったら、無理しないでね」

いざとなったら、俺がフラワーボーイをすればいいことだ。

しかし、子ヴィノはやる気いっぱいの声で言う。

【だいじょぶ！　おもくない】

【がんばる！】

おぉ、さすが小さくても勇敢なヴィノ一族。

そういえば、練習の時も子ヴィノたちは一生懸命頑張っていた。

親兄弟たちに応援されたから、絶対諦めたくないのだという。

俺は微笑んで、子ヴィノたちの頭を撫でる。

「じゃあ、籠から出たら、あっちの奥まで体をふりふりしたり跳ねたりして、道にお花を落とせばいいからね」

【ふりふりする！】

一匹はコクリと頷いたが、もう一匹はちょっと自信なさそうだ。

そういえば、こっちの子は練習でもタイミングが取りづらそうだったっけ。

その姿も可愛かったから、俺としてはアリだと思ったけど。

ん～リズムつけたほうが、体が動きやすいのかな？

練習中に楽しくなったのか、途中から子ヴィノたちが歌を歌っていたのを思い出す。

「もし自信なかったら、練習の時みたいにお歌うたいながらでもいいよ？」

子ヴィノたちは小さな尻尾を震わせた。

【お歌、うたう！】

【じーたんのおうた！】

あの可愛い歌、おじいさんから習った歌だったのか。

コルトフィアでは、ヴィノの祝福の歌って言われているらしいけど。

「よし、じゃあ。お歌うたいながらでいいから、頑張ろう」

そう言って二匹の頭を撫でていると、扉の外側で大きな歓声があがった。

新郎新婦の馬車が、大聖堂前に到着したようだ。

俺は花籠を載せたヴィノを通路横にスタンバイさせると、祭壇の席へと移動した。

聖堂内の人たちが立ち上がり、中央扉に注目したタイミングで、扉が外側からゆっくりと開く。

外の光が、大聖堂の青い絨毯に差し込む。

光の中から現れたのは、ウェディングドレス姿のルーゼリア王女と、礼服を着たアルフォンス兄さん。

ドレスは事前に見せてもらったし、城から出発する前にお会いしたけど、光の中に並んで立つ二人は特別に美しかった。清廉《せいれん》なまでの美しさ、厳《おごそ》かな迫力さえある。

一礼して、二人が聖堂内に一歩入る。

それを合図に、子ヴィノたちがタッタカ跳びはねながら通路に現れた。

可愛い姿に、厳かだった空間の雰囲気が一気に和んだ。

王族の式典だけど、グレスハートの場合はこのくらいの和やかさがちょうどいい。

アルフォンス兄さんとルーゼリア王女が、思わず微笑む。

【お日たま　おたよう　お山　笑って　お日たま　ありあと　お花　うたう】

子ヴィノは歌を歌いながら、軽やかな動きで花籠の花びらを落としながら歩く。

その歌は、他の人には「メェメェ」という声にしか聞こえない。

だが、聖堂に響き渡る子ヴィノの可愛い声は、反響してちゃんと歌に聞こえた。

ハミルトン殿下たちの目に、ぶわぁっと涙が浮かぶ。

「婚姻式でもヴィノの祝福の歌を聴けるなんてぇぇ」

「祝福の歌をもらえたルーゼリアは、幸せになる！」

式は始まったばかりだが、三兄弟はすでに涙腺崩壊《るいせんほうかい》している。

役目を終えた子ヴィノが俺のところへやって来る。俺はしっかり労《ねぎら》ってから、再び子ヴィノ用の籠の中に入れた。

扉から祭壇までの青い絨毯に、子ヴィノが撒いた花びらが敷かれている。

その道を、アルフォンス兄さんとルーゼリア王女がゆっくりと、一歩ずつ歩く。

聖堂内にはたくさんのろうそくが灯《とも》っていて、ウェディングドレスとヴェールの刺繍を美しく浮かび上がらせる。

そして、長いヴェールに縫い留められているクラウンエティムは、歩くたびに揺れてキラキラと光を反射させていた。

それにより子ヴィノたちの作ったほのぼのとした空気は、幻想的なものに変わる。

祭壇近くに来ると、ルーゼリア王女の頬を涙が伝っているのが見えた。

二人が祭壇前に立つと、父さんは微笑む。

「神への祈りと、誓いの言葉を」

アルフォンス兄さんとルーゼリア王女は指を組んで、神の代わりである父さんに数分間祈りを捧げる。それから、向き合って互いを真っすぐ見つめる。

誓いの言葉は、神と相手に誓うものなので、内容は個々に違っている。

「私アルフォンスは、汝《なんじ》と汝が大事にするもの全てを愛し、大切にし、守り、そして幸せにすることを誓う」

「私ルーゼリアは、アルフォンス殿下を生涯愛し、尊敬を忘れず、幸せな時も困難がある時も、隣で支え続けることを誓います」

微笑み合う二人の前に、指輪が用意される。

結婚指輪は、代々グレスハート皇太子と皇太子妃がつけてきたものだ。

アルフォンス兄さんはそれとは別に、彼女にもう一つ贈り物を用意していた。

ルーゼリア王女以外の家族は、サプライズの品がどういうものか教えてもらっている。

用意したのは、キュリステンの花を刻印した指輪。

コルトフィア王家では、一人ひとりに植物の印が与えられる。

そして、キュリステンの花はルーゼリア王女に与えられた印だった。

それに気がついたのか、ルーゼリア王女は息を呑み、驚いた顔でアルフォンス兄さんを見つめる。

ルーゼリア王女は、コルトフィア王国を愛し、コルトフィア国民を愛し、コルトフィアの伝統を愛している。

ただ、この式が終われば、ルーゼリア王女はグレスハートの皇太子妃となる。

いずれは皇后となり、グレスハートの母となる存在だ。

アルフォンス兄さんは、彼女の母国を愛する気持ちを大事にしたかったのだろう。

先ほどの誓いの言葉の通りに。

ルーゼリア王女はぽろぽろと涙を流して、アルフォンス兄さんを見つめる。

アルフォンス兄さんはそんな彼女を愛《いと》おしそうに見つめ、指で涙を拭った。

宣誓式が終わると、城に移動して披露《ひろう》パーティーが開始される。

このパーティーには、大聖堂にいた王侯貴族はもちろんのこと、中に入れなかった貴族や、子供たちも招待されている。

疲れた。会っては挨拶し、会っては挨拶し、人によって対応を変えなきゃいけない。

まるで、武術の乱取りをやっているみたいだ。

招待客の名前や特徴は頭に入っているけれど、写真があるわけではないから混乱しそうになる。

挨拶は、頭と体力と表情筋を使う。笑顔を作り続けていたせいで顔が筋肉痛になりそう。

しかも、会場内にいる人の八割くらいが大人なので、背の低い俺にとっては障害物ばかり。

人が密集している中でドレスを踏まないようにしなきゃいけないから、移動するのも気を遣う。

「フィル様。そろそろ休憩なさったほうが、いいんじゃないですか？」

カイルはウェイターから飲み物を受け取ると、俺に向かって差し出す。

「そうだね。五十人くらいに挨拶したから、一回休憩してもいいよね」

俺は飲み物を飲んで、息を吐く。

会場の隅を目指してカイルと進んでいると、男泣きする声が聞こえた。

「ハミルトン殿下たちでしょうか」

カイルが言った時、泣き声が大きくなった。

「うぉぉぉ、ルーゼリアァァァ」

「幸せになれよぉぉ」

「……間違いないね」

今お酒を飲んだら、きっとたちが悪くなるからと、妹のルーゼリア王女に禁酒を言い渡されていたはずだけど……。

溺愛する妹との約束を違えるはずはないから、きっと素面《しらふ》であの状態なんだろうな。

「……あとで、目を冷やす濡れタオルを手配しておこうか」

「そうしましょう」

さらに端っこを目指して歩いていると、今度は大きな人の輪にぶちあたった。

「ここを抜けたら、近いんですけど……」

「アルフォンス兄さまたちかなぁ」

第一王位継承者で主役の兄さんの元には、人が最も集中するはずだ。

ちょっと中に入り込んで隙間から様子を窺うと、そこは和やかな笑い声で溢れていた。

「侯爵様の話は面白いですなぁ」

「もっと聞かせてください」

「いやいや、私の話なんかで良かったらいくらでも」

……違った。ここの人込みの中心は、おじいさんだった。

エビのように後ろに下がって、人込みの輪から抜け出す。

……おじいさん、アイドル並みに人気だな。

そんな感想を抱いた瞬間、人込みの間から子供の手が出てきて、ガシッと腕を掴まれた。

「え⁉」

俺は驚き、カイルがその手を掴む。

「イタタ！　俺だよ俺！」

「誰だ……ってレイじゃないか」

カイルが警戒を解いて、レイの手を放す。

「良かった、フィルたちに会えて。もう、人多いし、知り合いいないし。寂しかったんだよぉぉ」

そう言って、レイが抱きついてくる。

アミル・ザイド伯爵令息として、レイもパーティーに参加してるんだもんね。

「フィル様はお疲れなんだから、抱きつくな」

カイルが俺からレイを引きはがした。

「えぇぇ、フィルに会えたら、食べ物一緒に食べに行こうと思ってたのに。もう腹ペコでさ」

人々の声がうるさいのに、レイのお腹から怪獣のいびきのような音が聞こえる。

確かに、腹ペコ怪獣がいるようだ。

でも、俺も体力の限界だ。困ったな。

「一人で行けないのか。待っていてやるから行ってこい」

呆れ口調のカイルに、レイはカッと目を見開く。

「嫌だ！　上流階級の社交界は久々なんだよ。一人だと怖いだろ！」

情けないことこの上ないが、正直である。

ここにはトーマとライラがいないもんね。確かに心細いか。

レイのご両親はいるけど、そばにいたら余計に伯爵令息としての対応を求められそうだし、仲の悪い従弟に会って絡まれるのも嫌だと思っているんだろう。

「カイル、レイに付き合ってきてあげてよ。僕、そこで休んでいるから」

そう言って、目指していた会場の隅を指さす。

「大丈夫ですか？」

カイルは不安げな顔で、俺を覗き込む。

「大丈夫。絶対に動かないから」

俺がニコッと笑うと、カイルは「わかりました」としぶしぶ承諾する。

「では、すぐ戻ってきますから、あの場所にいてくださいね。モフモフの動物がいるからって、絶対についていかないでくださいね」

俺のことをなんだと思ってるんだ。

モフモフは……かなりの誘惑だけども。

「わかってる。待っているから」

「よし！　じゃあ、カイル行こうぜ！　まずはご飯系かなぁ」

浮かれるレイと不安げに何度も振り返るカイルを、俺はヒラヒラと手を振って見送る。

一人になって、俺は改めて会場である大広間を見渡す。

明るい顔で談笑している人や、料理を堪能《たんのう》して笑顔になっている人を見て、俺はホッとする。

この世界では結婚をしても宣誓式と国民たちへのお披露目《ひろめ》をするだけで、パーティーをやるところは少ない。

でも、せっかく来たんだから、最高のおもてなしをして、皆に楽しんでもらいたいってことで、開催されたパーティーだ。

レイラ姉さんや料理長さんに相談された時に、俺もちょこっとアドバイスはさせてもらったが、指示や用意のほとんどは母さんとレイラ姉さんが行った。

直前まで確認し、とても頑張っていたみたいだから、皆にも喜んでもらえたらいいな。

立食形式の料理には、グレスハートの特産品や加工品を必ず入れたそうだ。

フードコーナーには、俺がおすすめした干物を洋風にアレンジした一口サイズの料理や、カップに入った冷製洋風おでんなどが置かれている。

グレスハートではフルーツが有名だから、デザートコーナーが一番広いかな。

ドライフルーツを使った焼き菓子や、シャーベット、プリン、マクリナ茶の粉末を使用した抹茶《まっちゃ》ケーキなどが並んでいた。

俺が以前料理人たちに伝授したフルーツの飾り切りも、フルーツコーナーを美しく彩《いろど》っている。

来賓の表情を見るに、どのコーナーもとても好評みたいだ。

……ただ、気になることが一つ。

レイラ姉さんに『会場の真ん中に置く目玉になるもの』を相談された時に、確かに「大きな氷のオブジェを作ったら？」とは言った。

言ったけど、まさか作ったオブジェが巨大毛玉猫とは……。

可愛いよ。巨大毛玉猫の氷のオブジェ、とっても可愛いけどさ。

あのオブジェのせいか、会場が一気にファンシーな感じになってしまっている。

グレスハートで有名な動物なら、伝承の獣ディアロスとかあったと思うんだよね。

ディアロスは恐れられた存在ではあるけど、見栄えがいいから、オブジェにするなら絶対にそっちのほうが良かったんじゃないかなぁ。

氷で作るなら黒くはならないから、言われなきゃディアロスだとわからないと思うし……。

そんな気持ちで眺めていると、同じくオブジェをじっと見つめている人を発見した。

毛玉猫好きな人かなと思って見ると、グランドール将軍だった。

……青い顔してる。そりゃ、そうだ。うちのグランドール将軍は猫が苦手なんだから。

内緒にしているから、一部の人しか知らないんだけどね。

苦手ならばオブジェを見なきゃいいのではと思うが、弱さは見せたくないのだろう。

頑張れ、グランドール将軍。

心の中で応援していると、こちらに手を振る少女に気がついた。

ルワインド大陸ナハル国の、シュリ姫だ。

ナハル国はグレスハート王国の同盟国で、アバル国王陛下はうちの父さんと仲が良い。

グレスハート王国主催の舞踏会で、シュリ姫のダンスパートナーを俺が務めたこともある。

シュリ姫は髪を上にまとめ、ナハル国の礼服であるエキゾチックなロングドレスを着ていた。

俺の一つ上だから、九歳だっけ。以前会った時より、大人びて見える。

「お久しぶり、フィル殿下！　挨拶するのにずいぶん捜したわ。どうして会場の端っこにいるの？　それに、その格好どうしたの？　お父さまにフィル殿下の服装を先に聞いてなかったら、全然わからなかったわ」

……ストレートな物言いは、そのままだな。

俺は苦笑して、学校では身分を隠しており、学校関係者がいる時を想定して変装しているのだと説明する。

「大変なのねぇ」

しみじみと呟かれて、俺は再び苦笑する。

「さっき大聖堂でアバル国王陛下と、マリサ王妃様に挨拶したよ。マリサ王妃様と仲良くしているみたいだね。シュリ姫とよく買い物に行くって言っていた」

そう言うと、シュリ姫は少し照れた顔で微笑む。

「ええ。グレスハートでも、お義母《かあ》さまと一緒に観劇に行ったの」

そうか。仲良さそうで、本当に良かった。

「あ、そうだ。私、あれからちゃんとした召喚獣契約したのよ」

「え、そうなんだ？」

シュリ姫は以前、『種仮《しゅか》』という古代に使われていた召喚法を、間違えて教えられていた。

今、ポピュラーになっている個体の召喚契約とは違い、種仮は種族との契約。

召喚した時、その種族の中から一匹が呼び出される。

呼び出された子との信頼関係があるわけではないので、場合によっては危険が伴う召喚法だ。

シュリ姫が種仮契約したのは光鶏《こうけい》だったから、襲い掛かってくることはなかったけどね。

ちなみに、シュリ姫に呼び出され、そのまま俺と召喚契約した子がコハクである。

「どんな動物と契約したの？」

俺が尋ねると、シュリ姫は意味ありげに笑った。

「光鶏よ。……シュシュ！」

シュリ姫が召喚すると、空間の歪みから光鶏が現れた。

ぽふんとシュリ姫の手のひらに落ちたその子は、キョロキョロと見回し、シュリ姫に向かって言う。

【ご主人、ここどこ～？】

召喚方法も間違えていないし、シュリ姫のことをご主人だと認識している。

「わぁ！　ちゃんと契約できたんだね。でも、光鶏とは思わなかった」

俺が小さく笑うと、シュリ姫は愛おしそうにシュシュを撫でる。

「だって、やっぱり初めての契約は光鶏にしたかったんだもの。フィル殿下との思い出の鳥でもあるしね」

そう言って微笑み、それから俺の顔を覗き込む。

「ねぇ、舞踏会があったら、また踊ってくれる？」

「あ、うん。練習しとく」

俺の返事を聞いて、シュリ姫は嬉しそうに顔をくしゃっとさせた。

「約束よ！　そろそろ行かなきゃ。じゃあ、またね！」

【またね〜！】

シュリ姫が手を振ると、手のひらの光鶏も片方の翼を上げた。

俺は手を振り返し、シュリ姫を見送る。

しばらくすると、レイがデザートを持って、カイルと一緒に戻ってきた。

小走りに近い早歩きに、俺は目をパチクリとさせる。

「どうしたの。そんなに急いで」

「会った。会ったんだよ。この前の広場にいた女の子」

慌てるレイに、カイルが補足説明をする。

「望遠レンズで覗いていたあの子です」

あ、あの子か。やっぱり令嬢だったんだ。

レイは息を整え、俺に向かって言う。

「聞いて驚くなよ。あの子、ドルガド王国のリーシャ姫だったんだ」

「え！　ディルグレッド国王陛下の娘さん？　似てない！」

シリルが言っていた、ドルガドの末のお姫様。

ディルグレッド国王、かなり怖い顔の部類だったのに。あの小熊の子と重ならない。

俺が驚くと、レイは脱力する。

「驚くところそこかよ」

「フィル様のことを捜していたので、急いでやって来たんです」

「僕のことを？　なんで？」

俺は『辛い』のではなかったのか。

「ドルガドの姫としては挨拶するだろ。ドルガド代表なんだから」

呆れ顔のレイに、俺は「それはそうか」と頷く。

「フィル様は今変装していらっしゃいますから、大丈夫だと思います。お知らせには来ましたが、レイと俺は姫と顔を会わせているので、一緒にいるとまず……」

話していたカイルは、突然レイと一緒にくるりと背を向け、柱の陰に移動していく。

も、もしかしなくても、今後ろに来てるとか？

俺はゴクリと喉を鳴らす。

「あの、フィル殿下でいらっしゃいますか？」

先日、聞いたばかりの声だった。

俺と同じ髪色の人は滅多にいないから、人違いですとも言えない。

俺は覚悟を決め、ゆっくりと後ろを振り返る。

ただ、そのままの顔ではまずいと思い、にっこり笑顔を張り付けた。

「はい。フィル・グレスハートです」

リーシャ姫はそんな俺に、目を細める。

なぜ、眩しいものを見るかのような顔を。

「私、ドルガド王国第四王女リーシャ・カルバンです……」

さっきとは違い、ちょっと沈んだトーンで挨拶をする。

なぜ、落ち込んでいるのか……。

こんな対応をされたのは初めてで、動揺してしまう。

どうしたものかと思っていると、こちらにヒューバート兄さんが歩いてきた。

「フィル、兄上知らないか？」

リーシャ姫はその声にビクッとして、固まる。

まるで、天敵に発見された時の小動物みたいだ。

ヒューバート兄さんは、そこでようやくリーシャ姫に気がつき一礼する。

「あ、お話し中、申し訳ありません。……あれ？　どっかで……あ！　この前のレディか！」

顔を見て、先日会った女の子だとわかったようだ。

「こちらは、ドルガドの第四王女リーシャ姫様です」

俺が紹介すると、ヒューバート兄さんは笑った。

「あぁ、ドルガドの姫様でしたか」

リーシャ姫はカーテシーをすると、ヒューバート兄さんを見上げる。

「先日、髪をもしゃもしゃにされたリーシャ・カルバンです！」

すっかり根に持たれてるじゃん。

ヒューバート兄さんがどう返すのかと見ていると、突然、ひょいっとリーシャ姫を持ち上げ小脇に抱えた。

「「なっ⁉」」

リーシャ姫と俺が同時に声をあげる。

何してんの、ヒューバート兄さん⁉

そう思った瞬間、誰かのグラスが床に落ち、中身がリーシャ姫のいたあたりへパシャッとかかった。

あ、そうか。濡れないように、抱き上げてくれたのか。

「大丈夫ですか？　危なかったですね！」

ニコッと笑うヒューバート兄さんに、小脇に抱えられたままリーシャ姫は顔を上げた。

真っ赤な顔で、ぷっくり頬を膨らませている。

「助けるにしても、小脇に抱えないでください！」

柱の陰から「そりゃそうだ」という、レイの呟きが聞こえてきた。

うん。前もレイラ姉さんをかついで怒られてたよね。

床に下ろしてもらったリーシャ姫は、頬を膨らませつつカーテシーをする。

「……助けてくれてありがとうございました。では、失礼します」

助けられ方は不本意でも、助けられたら感謝する。

そんなドルガドの生き様みたいなものを、見せてもらった気分だ。

「なんか、また怒らせちゃったかな？」

去っていくリーシャ姫を見つめながら、ヒューバート兄さんは頭を搔く。

ヒューバート兄さんも年頃なので、お見合いをすることがある。

だが、なぜか令嬢が怒って帰ってしまうと、母さんが言ってたっけ。

……理由がなんとなくわかった気がした。

二時間ほどのパーティーが終わり、俺たちは国民へ挨拶するため広場を見渡せるバルコニーに移動することになった。

コルトフィアでもバルコニーから、国民に挨拶をしたっけ。

衛兵の話だと、今回はそれよりも多くの人々が広場で待機していると聞いた。

出ていく前から、拍手や歓声が聞こえていた。

「準備ができたか？　では、参ろう」

父さんの呼びかけで、皆でバルコニーに出ていくと、大きな歓声で出迎えられた。

広場は数えきれないほどたくさんの人で埋め尽くされており、門を出て通りのほうまで人がぎっしりだ。

中央のアルフォンス兄さんとルーゼリア王女が手を振ると、轟《とどろ》くほどの大きな歓声があがる。

空気がビリビリと振動して、耳がしびれるほどだ。

「おめでとうございます！　アルフォンス皇太子様、ルーゼリア皇太子妃様！」

「おめでとうございます！　おめでとうございます！」

「グレスハート王家に祝福あれ!!」

お祝いの言葉が、あらゆるところから飛んでくる。

「ありがとう。ありがとう、みんな」

アルフォンス兄さんはルーゼリア王女と寄り添い、笑顔で感謝を述べる。

この詰めかけた人の多さ、声の大きさは、グレスハート王家が愛されている証拠でもある。

それを実感して、心が熱く震えた。

俺がこれだけ嬉しいんだから、アルフォンス兄さんたちはもっと感動していることだろうな。

俺は視線を上げて空を見る。雲一つない綺麗な青空がどこまでも広がっていた。

気持ちいいくらいに、なんにもない。

よし！　アルフォンス兄さんとルーゼリア王女へのお祝いと、ここにいる皆へ幸せをおすそ分けしよう。

俺は鉱石のブレスレットをつけている手を上げ、小さく呟いた。

「……虹！」

漢字一文字の鉱石発動は、超強力だ。

自分の声は歓声でまったく聞こえなかったが、鉱石はちゃんと発動したみたい。

真っ青な空に、特大の虹がかかる。

古代虹信仰で虹は、神の橋と呼ばれる神聖なもの。

前に一回、これと同じ虹を作って、ヒューバート兄さんは神様が降臨《こうりん》したと勘違いしたことがある。きっと吉兆だと思ってくれるぞ。

すると、あれだけ歓声をあげていた人々が、一瞬にして静かになった。

皆が巨大な虹の出現に、ポカンとしている。

「……あ、あれ？」

思った反応じゃなくて、俺は動揺する。

「フィル……」

横を見ると、皆が虹を見上げるなか、父さんだけが『やったな？』って目で、こちらをじっと見ていた。

そりゃ気づくよね。虹を作ったのを父さんに見せたことあるし。

いや、でもね、お祝いになるかと思ったんだよ。

鉱石で巨大虹を作ったなんて、皆気がつかないかなぁって。実際、前も大丈夫だったし。

どうしよう。大きな虹を作ったら、皆が喜ぶと思ったのにぃ！

内心焦っていると、ルーゼリア王女が嬉しそうに言った。

「すごいです！　神様が私たちやここにいる皆を祝福してくださっているのですね！」

アルフォンス兄さんも笑顔で頷いた。

「そうだね。素敵な神様からの贈り物だ」

そう言って、なぜか俺をチラッと見て微笑む。

……アルフォンス兄さんは、虹を作った現場にいなかったよね？

もしかして、気づいて……？

そんなことを思っていると、広場のほうでも声があがった。

「虹……虹だ！　神の橋だ！」

その言葉で、ポカンと見ていた人もハッとする。

「これほど大きな虹は初めて見た!!」

「皇太子殿下ご夫妻に祝福をお与えに来たんだ」

「皇太子ご夫妻に神の祝福あれ!!」

「グレスハートに祝福あれ！」

先ほど以上の歓声が広がって、わっと大きく膨らんでいく。

良かったぁ。びっくりしていただけで、皆喜んでくれたみたい。

まぁ、あとでお説教はされそうだけど。しょうがない。

今はとりあえず、アルフォンス兄さんとルーゼリア義姉さんの門出を祝ってあげよう。

「アルフォンス兄さまとルーゼリア義姉さまと、ここにいる皆さんに祝福を！」

俺はそう叫んで、両手を大きく上げた。

転生王子は(学園でも)ダラけたい
1〜3
『ほっこりしててイイね』
安彦良和 談
転生王子＆従者が異世界でモフモフと留学旅へ出発！
王家に生まれ、あふれる才能を持ちながら、もふもふ召喚獣と一緒のグータラ生活だけを夢見る第三王子フィル。地元ではどうしても目立ってしまうと気づいた彼は、誰も自分を知らない異国の名門学園へ、はるばる留学することを決意しました。フィルと従者カイル、伝説の獣コクヨウの旅が始まります！
[原作]朝比奈 和 [漫画]川越マチコ
B6判／各定価：748円(10%税込)
コミックス発売中
WEBにて好評連載中！
アルファポリス 漫画
検索

転生王子はダラけたい
1~3
漫画 堀代しじゃも Horishiro Shishamo
原作 朝比奈和 Asahina Nagomu
シリーズ累計 60万部突破（電子含む）
もふもふの召喚獣と一緒に
ぐ～たら生活！
…と思ったら？
「思いっきりダラけたい!!」ぐ～たら生活を夢見る大学生の陽翔は、ある朝目覚めると、異世界の王子フィル・グレスハート（三歳）に転生していた。新たな人生で美味しいものや、もふもふのペットに囲まれてダラダラしたいと願うものの、初めての召喚獣が超危険な猛獣で…!?
ダラけ王子の異世界のほほんファンタジー、待望のコミカライズ!
転生王子はダラけたい 3
召喚獣達も大はしゃぎ!
海を渡って新天地へ
異世界のほほんファンタジー最終第3巻!!
コミックス大好評発売中!!
●B6判 ●各定価：748円(10%税込)
アルファポリス 漫画 検索

王宮の首席魔術師ドーマは理不尽な上司に頭突きをかまして左遷された。これで気楽な研究生活が送れると、ウキウキしながら辺境の地に越したドーマ。幽霊屋敷と呼ばれる曰くつきのお屋敷に集まった新たな仲間は天然な最強剣士や家精霊《ボガート》、白虎……それにキノコ!? 彼は一癖も二癖もあるメンバーと賑やかで楽しい家を作る。しかし、そこに優秀なドーマを僻む怪しげな魔術師が忍び寄り――変わり者魔術師と愉快な仲間達のドタバタなセカンドライフ、開幕！

◉定価：1320円（10％税込）　◉ISBN978-4-434-31645-6　◉Illustration：はらけんし

この作品に対する皆様のご意見・ご感想をお待ちしております。

おハガキ・お手紙は以下の宛先にお送りください。

【宛先】

〒150-6008 東京都渋谷区恵比寿4-20-3 恵比寿ｶﾞｰﾃﾞﾝﾌﾟﾚｲｽﾀﾜｰ 8F
（株）アルファポリス　書籍感想係

メールフォームでのご意見・ご感想は右のＱＲコードから、
あるいは以下のワードで検索をかけてください。

アルファポリス　書籍の感想　検索

ご感想はこちらから

本書はWebサイト「アルファポリス」（https://www.alphapolis.co.jp/）に投稿されたものを、改稿、加筆のうえ、書籍化したものです。


# 転生《てんせい》王《おう》子《じ》はダラけたい 15

朝比奈 和（あさひな なごむ）

2023年 2月 28日初版発行

編集－若山大朗・今井太一
編集長－太田鉄平
発行者－梶本雄介
発行所－株式会社アルファポリス
〒150-6008 東京都渋谷区恵比寿4-20-3 恵比寿ｶﾞｰﾃﾞﾝﾌﾟﾚｲｽﾀﾜｰ8F
TEL 03-6277-1601（営業）　03-6277-1602（編集）
URL https://www.alphapolis.co.jp/
発売元－株式会社星雲社（共同出版社・流通責任出版社）
〒112-0005 東京都文京区水道1-3-30
TEL 03-3868-3275
装丁・本文イラスト－柚希きひろ
装丁デザイン－AFTERGLOW
印刷－図書印刷株式会社

価格はカバーに表示されてあります。

落丁乱丁の場合はアルファポリスまでご連絡ください。

送料は小社負担でお取り替えします。




ISBN978-4-434-31654-8 C0093